神奇寶貝大進擊

文 王文華 圖 托比

序

踏上西遊，拜訪妖怪！

我家拜齊天大聖。他在二樓神明廳，手持金箍棒，神情威武。

我曾好奇的調查同學家：最熱門的是拜媽祖娘娘，第二高票是大慈大悲的觀世音菩薩，然後是什麼王爺什麼大帝，只有我家供奉齊天大聖孫悟空。

忘了介紹，我家在大甲，鎮瀾宮海內外聞名，每年要去北港朝天宮繞境進香，家家戶戶拜媽祖很正常。

小時候，我的好奇心強，例如：大甲的媽祖，北港的媽祖外加大甲去北港沿路的所有媽祖廟，不都是同一個媽祖嗎？為什麼要趕著三月小陽春，從大甲往北港走上七天六夜？

既然都是媽祖廟，拜一間不夠嗎？

這疑問，我是看完西遊記才找到解答的。

齊天大聖有七十二變，觔斗雲一翻十萬八千里，如意金箍棒十萬八千斤重。

沒人比我更熟悉他的。這點我有自信，因為他就在我家二樓神明廳嘛。

孫悟空的絕招很多，其中之一就是拔一把毫毛，嚼一嚼，變出幾千幾百個分身。

當時我想，媽祖娘娘一定也跟齊天大聖學了這門法術。她身上沒猴子毛，但是她有頭髮呀，忍痛拔一小撮，嚼一嚼，就能變出幾千幾百個媽祖娘娘，然後從澎湖天后宮一直到大甲鎮瀾宮再彎去北港朝天宮，這裡一個分身，那裡一個分身。小五那年，我媽帶我去進香，其實就是去拜訪這些分身，那其實比較接近便利商店集點換獎品，每一個分身拜一拜，拜得愈多，蒐集的法力就愈高，最後就能讓願望成真。

沒錯吧。

小五進香那年，我的包包裡有一本西遊記，全本文言文的。不是我語文程度高，只因為我家沒其他故事書，我又是文字控，包包裡得有書呀。進香的路上，我半猜半讀的讀完它。

愈看愈覺得孫悟空了不起，西天路上多少妖怪呀，他要侍奉一個遇到困難就掉眼淚的師父，碰到不如意的事就喊解散的豬師弟，對了，師父還懷疑他、誤解他，動不動就叨念著緊箍兒咒。

孫悟空有通天的本領，卻被咒得在地上打滾兒，他怎麼不跑呢？他只要翻個觔斗就十萬八千里了呀，難道唐僧的咒語能千山萬水的追下去？

更好笑的是那些妖怪。

明明都抓到唐僧了，卻沒人敢一口吃了他，總是很有規矩的互相警告：「唐僧有個大徒弟不好惹，只有把孫悟空抓起來了，才能安心享用。」

唉，這些笨笨的妖怪，怎麼沒有一個嘴快的，硬要一口咬了唐僧，那就長生不老了，既然長生不老了，那就不怕孫悟空的鐵棒了呀。

怎麼沒有妖怪想到呢？

《妖妖要吃唐僧肉》集合了西遊記裡貪吃的妖怪，來吧，嘴快一點，看誰先啃到唐僧肉。

西天路上，妖怪其實也有很厲害的，像是獨角犀牛王，他的金鋼琢把大大小小神仙的法器都收掉了；像平頂山三魔王，他的翅膀一揮九萬里，揮兩下就贏過孫悟空了……

這些厲害的妖怪們，你們怎麼會戰敗呢？

組個妖怪聯盟不行嗎？齊天大聖要出動如來佛才鎮得住，如果把這些比孫悟空還厲害的妖怪找來組成聯盟……哇，於是有了《怪怪復仇者聯盟》。

西遊記裡的妖怪，其實有很大一部分來自天庭，像是奎木狼星，像是嫦娥身邊的小白兔，像是金角、銀角，他們放著天庭裡長生不老的幸福日子不過，何苦下凡當妖怪？

一定有什麼陰謀，神魔不分，《都是神仙惹的禍》說的就是這些分不清是神是魔的妖怪。

孫悟空有金箍棒，鐵扇公主有芭蕉扇，加上陰陽二氣瓶，會吸人的紫金葫蘆，如果拿這些神奇寶貝來做排行，我想第一名是金剛琢，第二名應該是芭蕉扇，什麼，你不同意我說

的？沒關係，讀完《神奇寶貝大進擊》，人人心中有把尺，人人都能評出自己的神奇寶貝排行榜。

寫【奇想西遊記】這套書時，我一直在爬梳，想理清這麼多妖怪的真面目，寫著理著，慢慢的我發現一個真理，想當個好妖怪，除了頭怪腳怪身體怪，還有個性也要很古怪。說起古怪，這世上每個人都有點兒小小的怪吧？

有的人愛錢，要他捐一毛錢，那比殺了他還痛苦。怪不怪？

有人貪吃，除了嘴巴，其他四肢根本不想動。怪不怪？

有的人嗜賭，即使砍了他十根手指頭，他照賭不誤。怪不怪？

還有人為了分數，作弊、偷翻書，考完了還分分計較。你說怪不怪？

人人血液裡都有一點兒「怪怪」的基因，有的人怪得很可愛，像是愛畫畫愛小貓；有的人怪得挺可怕的，像是愛喝酒愛打架……

愈想愈明白，原來妖怪始終來自於人性，沒有這麼多怪怪的人類，哪來這麼多反應人性的妖怪？

這些妖怪就像一面面的鏡子，他們埋伏在西遊路上等你光臨，我們也要感謝他們用自己妖怪的惡名，替我們承擔世上這些怪怪的惡。

好囉，咱們踏上西遊，拜訪這些妖怪吧！

目錄

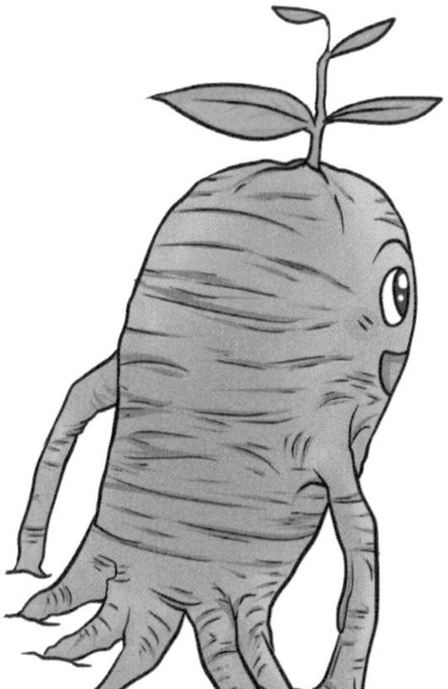

人物介紹

取經四人組

唐三藏

又名唐僧

- 法術：緊箍兒咒
- 戰鬥指數：0

唐三藏善良仁慈，奉唐太宗的命令去西天取經，他唯一的絕招是緊箍兒咒，咒得孫悟空疼痛不已。真實的唐僧，其實是唐朝著名的玄奘法師，他獨自一個人，花了十九年的時間到印度取回佛經，翻譯成中文，是中國佛教史上的偉大翻譯家、旅行家。

孫悟空

又名孫行者、美猴王、齊天大聖

- 兵器：如意金箍棒
- 法術：七十二變、觔斗雲
- 戰鬥指數：99
- 最怕：緊箍兒咒

孫悟空出生於東勝神州花果山一顆大石頭，跟著菩提祖師學法術，他大鬧天宮後，被如來佛鎮壓在五行山下五百年，經過觀音點化，保護唐僧往西天去取經，這一路上，遇妖降妖，遇魔伏魔……

沙悟淨

又名沙僧、沙和尚

- 兵器：降妖寶杖
- 戰鬥指數：69

沙悟淨原是天上的捲簾大將，因為失手打破琉璃盞，誤觸天條，被逐出天庭後，在流沙河裡興風作浪。經過觀音菩薩點化，是取經四人組最後加入的成員。

豬八戒

又名豬悟能

- 兵器：九齒釘耙
- 法術：三十六變
- 戰鬥指數：72

豬八戒法號悟能，本來是天上的天蓬元帥，因為酒醉調戲了嫦娥仙子，被處罰下凡投胎做人，只是他誤入畜牲道，變成了豬頭人身。因為懶，只學了三十六變化，變身時，長鼻子永遠變不掉，雖然人在取經路上，卻老想著回高家莊，繼續做妖怪去。

鎮元子

・居住地：萬壽山五莊觀
・法術：袖裡乾坤
・戰鬥指數：破表
・兵器：玉麈

鎮元子是地仙之祖，與孫悟空的師父菩提老祖同等級，玉皇大帝只能算是他的晚輩。鎮元子的道法深厚，莊內的寶物人參果，凡人聞一聞，能增壽延歲，他的兵器只是一根玉麈，卻抵得住金箍棒渾厚的力量，厲害非凡。

拇指頭

・別名：人參果
・法術：與金木水火土風相忌相生
・戰鬥指數：10
・專長：身材迷你，速度飛快

拇指頭是一顆歷經九千年歲月的人參果，被孫悟空敲落入土之後成了妖，跟著孫悟空去西天取經，人參果樹與金木水火土風相忌相生，每經歷一場災難後，他都會出現神奇的變化。

鬼國王

・法寶：定顏珠
・戰鬥指數：0

鬼國王是烏雞國國王，平時樂善好施，但沒想到國王有眼不識「佛祖」，不小心讓佛祖的雕像掉進水池三天三夜，因此惹怒了菩薩。菩薩派遣座下的青毛獅下凡，化身道士將他推入井裡，被井龍王用定顏珠定住，整整浸泡了三年時間。

紅孩兒

・別名：聖嬰大王
・法術：三昧真火
・兵器：火尖槍
・戰鬥指數：75

紅孩兒是牛魔王與鐵扇公主的孩子，他使一桿丈八火尖槍，武功了得，在火焰山修煉三百年後，煉成三昧真火，嘴巴吐火，鼻子噴煙。聽說吃唐僧肉能長生不老，用狂風捲走唐僧，使計謀捉住豬八戒，連孫悟空也打不過他呢！

黃眉老佛

- 兵器：狼牙棒
- 法寶：布袋、金鈸
- 戰鬥指數：82

黃眉老佛原本是幫彌勒佛敲磬的童子，武器是一根敲磬槌變成的狼牙棒。他趁著彌勒佛不在家，偷了金鈸和布袋下凡作怪，他設立小雷音寺，騙了唐僧來，又把孫悟空關在金鈸裡。布袋一施展開來，連二十八星宿、十萬天兵也被他收走。

如意真仙

- 兵器：如意金鈎
- 戰鬥指數：50

如意真仙不是仙，他只是一個道士，是牛魔王的弟弟，也是紅孩兒的叔叔。他將落胎泉占為己有，想取得泉水的人都必須付出代價，乖乖送禮過來。他的如意金鉤很厲害，會自己對準目標，勾住竊取泉水人的腳，摔得人四腳朝天。

牛魔王

・外號：平天大聖、大力牛魔王
・兵器：混鐵棍
・法術：七十二變
・坐騎：避水金睛獸
・戰鬥指數：105

牛魔王是孫悟空五百年前的結拜兄弟，武藝高強，神通廣大，他也有七十二變，能變成豬八戒從孫悟空手中搶回芭蕉扇，即使是十萬天兵天將下凡來抓他，他也不怕。

鐵扇公主

・外號：鐵扇仙
・兵器：青鋒雙劍
・法寶：芭蕉扇
・戰鬥指數：76

鐵扇公主是牛魔王的妻子，紅孩兒的母親，她不是妖魔，是一位得道的神仙，長得很漂亮，住在翠雲山芭蕉洞。她擁有能煽熄火焰山大火的芭蕉扇，想跟她借，得先備齊三牲五果，還得看她臉色。

1 人參果拇指頭

千尺高的大樹上，幾顆果子在嬉戲。

樹不是普通的樹，是人參果樹；開天闢地的歷史有多長，樹就活了多久。

人參果樹三千年開花，三千年結果，若要果子成熟，還要再等三千年，九千年才能結成三十顆果子。聞聞果子，加添三百六十歲；嘗顆果子，能活四萬七千歲。

萬壽山五莊觀的觀主鎮元子，天天派人數果子。

「三十顆？」小道士問。

我是天下第一人參果！

「一顆不多，一顆不少，包括拇指頭。」另個小道士說。

拇指頭只有拇指頭那麼大，哥哥姊姊都嫌它：

「太矮了。」

「太小了。」

「活了九千年，還只是個拇指頭。」

拇指頭志氣大：「我小雖小，總有一天讓你們刮目相看。」

話說得很漂亮，但是太白金星來訪時，鎮元子就沒摘他。

四大天王訪五莊觀，鎮元子送的人參果，也不是他。

前兩天，鎮元子要出門雲遊，交代小道士摘果子，招待大唐來的唐三藏，說他手下有三大弟子：五百年前大鬧天宮的孫悟空、曾經掌管十萬天河水兵的豬八戒，還有捲簾將軍沙悟淨。

「這回該摘我了吧？」拇指頭掛在樹梢，站得高，看得遠。

唐僧騎白馬來了，三個徒弟到了，小道士拿著小金鎚來敲果子了。

小道士爬到樹上，拇指頭在他們面前晃，小道士推開他，不選他。

「為什麼不是我？」拇指頭生氣。

「因為你小呀。」哥哥、姊姊的笑聲像颳風，從樹上吹颳進禪房。

小道士送人參果進禪房，人參果長得像娃娃，唐三藏嚇得大喊：

「我不吃娃娃，我不吃……」，他咚的一聲，昏倒了。

「不識貨的笨和尚。」兩個小道士不客氣，你一顆，我一顆，吃了人參果，賺了四萬七千歲。

拇指頭看見豬八戒在禪房外吞口水。豬八戒正在求孫悟空：「師父不識貨，你快去摘人參果，吃了長生不老。」

孫悟空動作靈敏，一下子竄到樹梢。

拇指頭大叫：「選我！選我！」

可惜，他太小，孫悟空用金箍棒撥開它。唉呀，他掉下去了！大地張開嘴，一口吞了他。

掉進地裡頭，到處黑漆漆，拇指頭看不見、聽不見、動不了。

那不行，他長呀長呀，竟然長出兩根耳朵。

細線般的耳朵鑽到外頭，風一吹，聽見人聲。

是孫悟空的聲音：「人參果呢？怎麼一掉地上就不見了，是不是土地公偷了？」

「我在這裡。」拇指頭鑽出地面大喊。

咦？他的模樣變了，他有細手細腳，還有隨風舞動的小耳朵。

「土地公！」孫悟空大叫。

「小神在。」土地公現身，一腳踩著拇指頭也沒發現。

「你是不是偷了我的人參果？我才剛從樹上敲下一顆，怎麼不見了？」

土地公搖搖手：「大聖冤枉呀，你要知道，人參果與金木水火土風相忌相生。」

拇指頭豎起耳朵：「相忌相生？」

土地公說：「遇金則落，遇木則凍，落土則妖，澆水則換，火燒則隱，風吹過後無人知。」

孫悟空問：「你是說，這果子掉進土裡，會變成一顆法力高強的奇異果？」

「是人參果。」土地公糾正他，「如果沒事，容小神告退。」

土地公還沒退，孫悟空又去摘果子了。

拇指頭跟著他，經過水塘才發現：水面上有個綠妖精，捲捲的耳朵，細細的手腳；最可怕的是，那妖精正望著他。

拇指頭揮揮手，水面妖精揮揮手；他抬抬腿，妖精也抬抬腿。

拇指頭大叫：「啊，我變成你，不對，是你變成我了。原來這就是

土地公說的落土則妖？我落到土裡變成妖精了？都怪孫悟空，我得找他

算帳去。」

拇指頭拉著風尾巴，蕩進屋裡。

屋裡，小道士指著孫悟空罵：「好漢做事好漢當，你偷人參果？」

孫悟空拉著豬八戒辯解：「他也有吃呀。」

原來孫悟空偷了人參果，還拿回來分給師弟吃。

豬八戒不服氣，指著沙悟淨：「還有他。」

兩個小道士怪唐三藏：「都是你，你怎麼教徒弟的？」

「貧僧……」唐三藏無話可說。

這個小道士伸出手大吼：「賠人參果！」

那個小道士也喊：「不賠人參果，別想去取經。」

唐僧急了，連連喊冤：「跟貧僧無關呀，是孫悟空摘的呀。」

「孫悟空？」小道士們回頭瞪猴子，「都是你的錯！」

唐三藏也說：「對，是他的錯。」

大家都罵孫悟空，孫悟空氣得變成一陣清風，飄到外頭。

人參果樹迎風搖曳，孫悟空指著樹抱怨：「不是我的錯，都怪你。」

樹不會說話，枝搖葉動像在說：「不是我。」

「還敢說不是你的錯？」

孫悟空氣呼呼的喊聲變，當場變成千尺高。被這麼高的猴子伸手用力一推，大樹搖了一下，晃了兩下，砰的一聲，倒了。

「倒得好，倒得好。」孫悟空樂得翻觔斗。

「人參果樹倒了？」躲在一旁偷看的拇指頭嚇死了。

樹一倒，葉子變黃了，拇指頭的哥哥姊姊全掉進土裡，消失得無影

無蹤。

「哥哥，姊姊，別玩捉迷藏，快出來呀。」

拇指頭喊呀，喊破了喉嚨，哥哥姊姊們也沒出來。

他不死心，再喊：「不是說落土成妖嗎？你們別捉迷藏了，快出來。」

人參果園安安靜靜，只有他孤孤單單的身影。

直到兩個小道士跑來問：「是誰推倒了人參果樹？」

「孫悟空推的啦。」

可惜拇指頭個子小，聲音小，小道士聽不到。

一個小道士鎮定的說：「一定是那隻猴子闖的禍，我們別打草驚蛇，先哄哄他們，等師父回來，就有好戲看了。」

「看戲？」拇指頭在樹上待了九千年，沒看過戲。

他擦擦眼淚，睜大眼睛，等著看戲。

拇指頭看見小道士把大門鎖緊，指著唐三藏破口大罵：「小賊和尚、小偷和尚，偷了人參果的野和尚。」

唐三藏開不了門，哭了。

兩個小道士一直罵到半夜，這才回房裡睡了。

拇指頭愈看愈覺得有趣，他捨不得睡。月光很亮，五莊觀裡安安靜靜，孫悟空用手一拍，大鎖開了。他看看四周沒人，跳出來，催著大家：

「你們先走，我有法寶讓小道士多睡一個月。」

拇指頭很好奇：「那是什麼法寶，能讓人睡一個月？」

拇指頭跟著孫悟空，看他掏出瞌睡蟲，朝小道士丟去。蟲子鑽進道士鼻子裡，震天的鼾聲立刻響起。

「百發百中的瞌睡蟲。」孫悟空很開心，連尾巴上多了個拇指頭也沒發現。

月光把小路照得像條河，彎彎曲曲的流進松樹林。

他們走了大半夜，終於走出松樹林。

唐三藏累得靠著松樹，睡了。

豬八戒和沙悟淨趴在白馬的肚皮上，睡了。

拇指頭舒服的躺在豬八戒的耳朵上，仰望天空。

好不容易，天色終於亮了。

藍天裡，白雲悠悠，飛鳥悠悠，一道白光悠悠。

咦？拇指頭眨眨眼睛，那道白光晃到眼前，變成道士。

那個道士邊走邊唱歌：「太陽高高，微風飄飄，經書唱唱，人生好好……」

拇指頭認得他，他是五莊觀的鎮元子，法力高超。

鎮元子問唐三藏：「長老從哪裡來？要往哪裡去呢？」

唐三藏說：「貧僧奉大唐皇帝的命令，去西天取經。」

「長老有沒有經過五莊觀？」

孫悟空急忙插嘴：「沒有沒有，我們沒經過什麼四莊觀、五莊觀。」

鎮元子嘴上笑呵呵，眼睛卻一瞪，說：「潑猴，你用瞌睡蟲弄昏我的徒兒，還推倒人參果樹，還樹來。」

「樹？去哪裡找樹？」孫悟空大叫，拉著師父想逃，但鎮元子袖子一展，寬寬闊闊的袖子像在天地間搭起帳篷，轉眼間，取經大隊連人帶馬已全被鎮元子帶回五莊觀，一個個綁在柱子上。

鎮元子讓小道士拿出七星鞭。

小道士問：「師父，先打哪個？」

「唐三藏沒把徒弟教好，先打他。」鎮元子說。

孫悟空立刻挺身而出：「偷果子的是我，吃果子的是我，推倒大樹的也是我，應該先打我。」

鎮元子點點頭：「有理，先打你三十鞭。」

拇指頭躲在孫悟空尾巴上，只見孫悟空扭扭腰，把兩隻腿變成熟鐵條，不管小道士怎麼打，他都不疼。

打完了，鎮元子說：「現在該打唐三藏了。」

孫悟空又提議：「師父不知道果子是我偷的，要打就打我吧。」

鎮元子一聽，微笑說：「這猴子雖然皮，對師父倒挺有孝心，好，就打你。」

2 免費環遊仙島

五莊觀的後院裡，蟲聲唧唧，唐三藏哭泣。

「你們闖了禍，我跟著受罪。」

孫悟空不服氣：「他們打的是我，你受什麼罪？」

「我綁著也疼呀。」

沙悟淨說：「師父，我們也陪您綁著呀！」

唐三藏哭得好淒慘：「人家疼呀！」

拇指頭搗著耳朵：「這個和尚的哭聲好可怕。」

孫悟空身子一縮，從繩底下鑽出來，拉拉唐三藏的繩子。

繩子鬆了，孫悟空拉出唐三藏說：「咱們走吧，別哭，丟人呢。」

唐三藏擦擦眼淚，豬八戒拿行李，沙悟淨牽白馬，走到門外，孫悟空要豬八戒砍倒四棵柳樹。

樹砍好了，他念念咒語，叫聲：「變！」

四棵柳樹變成四個和尚，綁上柱子，問什麼答什麼。

拇指頭好猶豫，他想跟孫悟空走，也想看鎮元子上當的表情。

他考慮不久，很快做出決定：「我要留下來看戲。」

公雞喔喔啼，鎮元子慢條斯理的吃完早餐，叫人來：「拿鞭子，今天先打唐三藏。」

拇指頭眼睛瞪得好大：「好戲登場。」

小道士對著唐三藏說：「我要打你了。」

柳樹唐三藏說：「打吧！」

小道士乒乒乒乒打了三十下，轉身要打豬八戒。

柳樹豬八戒說：「打吧！」

打了豬八戒換打沙悟淨，打完沙悟淨該打孫悟空。

沒想到，柳樹孫悟空怕打，咻的一聲變回柳樹根，枝葉亂搖，渾身發顫。

小道士嚇一跳：「師父，和尚變成柳樹根啦。」

鎮元子呵呵冷笑：「猴子果然很厲害，哼，我饒不了他。」他駕著雲往西追，拇指頭勾著那朵雲。風聲咻咻，瞬間就追上了取經大隊。

鎮元子大叫：「孫悟空，還人參果樹！」

「唉呀，被識破了。」

孫悟空、豬八戒和沙悟淨也不害怕，三人反把鎮元子團團圍住。頓時，鐵棒、釘鈀與寶杖在四周揮舞，拇指頭嚇得閉上眼睛。直到一陣陣呼呼呼的風聲、兵器相交的聲音全不見了，他才敢睜開眼睛。原來鎮元子用袖子捲住唐僧師徒，回到五莊觀。

小道士抬出大鍋來，鎮元子咬牙切齒的說：「把孫悟空丟下油鍋炸，替人參果樹報仇。」

「猴子炸油鍋？好看！」拇指頭蹺著二郎腿，坐在屋簷上看熱鬧。最好笑的是，他看到孫悟空趁亂滾到門邊，把門邊大石獅變成他，自己跳到雲端去。哈哈哈，竟然沒人發覺。

石獅變成的孫悟空很重，小道士抬不動。鎮元子派出了三十二個小道士，這才抬起石獅孫悟空。

「一二三，丟！」

假孫悟空被丟進鍋裡，鏘的一聲，鍋破油漏，鍋底躺著大石獅。

鎮元子扯著鬍子，大怒：「孫悟空，你敢逃走，我就炸唐三藏。」

一聽要炸唐僧，孫悟空乖乖從空中跳下來，低頭說：「炸我吧，我這回不逃了。」

鎮元子拉著他，老實說：「我也不想炸你，我寧願你賠人參果樹。」

孫悟空拍著胸脯保證：「你只要放了我師父，老孫還你一棵樹。」

唐三藏拉著孫悟空，偷偷問：「你會醫樹？要是騙了他，我又要受罪了。」

「師父放心，海上仙島多，一定有方法。」

孫悟空叫來觔斗雲，準備出發，拇指頭喜滋滋，悄悄抱住孫悟空的尾巴，免費去環遊仙島。

觔斗雲，跑得快，上面站著孫悟空；孫悟空，轉兩圈，蓬萊仙島就到了。

蓬萊仙島住著福祿壽三星。

三星在下棋，孫悟空問：「有什麼方法，能把樹救活？」

壽星笑著捻捻鬍鬚：「大聖要醫的是松樹、柏樹還是杉樹？」

「是五莊觀的人參果樹。」

壽星聽了差點兒把鬍鬚扯斷，大喊：「宇宙間只有一棵人參果樹，是誰把它害死的？」

孫悟空舉手說：「我。誰叫他們把我當成賊。」

福星問：「所以，你把樹……」

孫悟空說：「推了，倒了，死了。三位老兄弟，你們快快陪我去救樹。」

壽星搖搖頭，兩手一攤說：「如果是飛禽走獸、凡花野草，我們都能救得活，只是人參果樹太稀奇，沒藥醫。」

「沒藥醫，那我到別的仙島找，告別了。」

孫悟空說走就走，拇指頭只覺風聲咻咻，已經到了方丈仙山。

方丈仙山亭臺樓閣無數，奇花異草處處，東華帝君有無邊大法。

帝君卻說：「我有起死還生丹，能醫人醫禽醫獸，但是人參果樹是開天闢地的靈樹……」

孫悟空急問：「能不能醫？」

「不行。」

「不行講那麼多做什麼？老孫去了。」

觔斗雲跑得快，瞬間來到瀛洲仙島。

仙島上住著九老，他們說：「大聖，來找我們玩呀？」

「找你們幫我救棵樹呢。」

「什麼樹？」

「人參果樹。」

九老互相看一看，同時搖了搖頭：「唉呀，那樹沒有藥醫呀！」

「不行？」

「連玉皇大帝也沒辦法呀。」九老也是愛莫能助。

唉……

孫悟空心裡急，掉轉雲頭，來到東海。拇指頭覺得這裡的風景不一樣，到處祥雲朵朵，波瀾不驚，前方出現落伽山。

觀音菩薩住在落伽山，他正在紫竹林裡與神佛說法。

菩薩問孫悟空：「你跟唐僧走到哪兒了？」

「萬壽山五莊觀。」

「見到鎮元子？吃了人參果？」

孫悟空搔搔頭：「弟子不但見了他，還推倒人參果樹。他惱羞成怒，困住我師父呢。」

「那樹是天下仙木的始祖，你闖大禍了。」

「菩薩，弟子遊遍海上仙山，沒有神仙能醫樹，所以……」

「所以找我啦？」菩薩笑說，「還帶了個小朋友來。」

菩薩伸手一指，拇指頭乖乖從猴子尾巴上跳到菩薩掌心。

「這是……」孫悟空很好奇。

「人參果呀，我猜他曾掉進土裡去，變成精了，對不對？」菩薩笑問拇指頭。

拇指頭伸出大拇指，給菩薩比個讚。菩薩吹了口仙風，將拇指頭變成了巴掌大。

孫悟空笑著問：「所以你一路跟著我，搭我免費的……尾巴公車？」

菩薩問：「悟空，你還救不救樹呀？」

孫悟空和拇指頭同時大喊：「要救！」

「那，走吧。」菩薩召來祥雲，這朵雲又輕又柔，坐起來又穩又快，瞬間回到五莊觀。

菩薩來了，鎮元子很客氣：「我那棵樹，哪敢勞動菩薩？」

「唐三藏是我的弟子，孫悟空又冒犯您，本來就該賠償您的樹。」

孫悟空在旁邊說：「請菩薩到果園裡看看吧。」

拇指頭掙脫菩薩的手：「還看什麼看，樹倒了，地裂開了，連樹根都跑出來了，哪救得活？我們眾家兄弟……」

眾人看見拇指頭，個個很好奇：「這是……」

孫悟空笑嘻嘻：「他是人參果，落地成精，變成拇指頭。菩薩，別忘了救……」

「救樹嘛！」菩薩可是貴人不忘事。

菩薩讓豬八戒、沙悟淨扶起樹，再把楊柳枝沾上淨水瓶裡的水，細細灑在樹上。

清泉澆過的地方，冒出細細的葉子，清風吹拂，剎時整棵樹生氣盎然，比先前還要翠綠。

更神奇的是，地裡不斷冒出什麼東西滾上樹。

啊，那是人參果。

拇指頭拍拍手：「哥哥、姊姊，大家好。」

這些人參果，滾回千尺高的大樹上，喊著：「拇指頭，該上來了。」

「我啊？」拇指頭搖搖頭，「我還沒玩夠呢。」

菩薩說：「哪裡來，哪裡去，一切註定。」

「我……我……」不管拇指頭願不願意，突然一股很大的力量把他往上推。他滾呀滾，滾到樹梢，又成了人參果。掛得高，看得遠，只是哪裡也去不了。

拇指頭看到孫悟空陪師父走出五莊觀，黃沙滿天，他們愈走愈遠。

「我會去找你們的！」拇指頭大叫。

「你作夢吧！西天那麼遠。」

「沒錯，誰也去不了。」

哥哥、姊姊們全笑他。

「我去得了。」拇指頭堅持，「我去得了。」

「你沒有金箍棒。」一個哥哥說。

「沒有觔斗雲。」一個姊姊說。

「但是我想去，我就去。」

拇指頭使足了力氣搖，使勁的用力搖，咚的一聲，他從樹上滾下來，邊滾邊變，邊變邊吼：「孫悟空，等等我，我來了！」

3 紅孩兒

「等等我！」拇指頭追上取經大隊。

掛在樹上九千年的拇指頭，變回巴掌大的模樣，看什麼都覺得新奇好玩。

「好美的花。」拇指頭說，那是一大片向日葵花田。

「好可愛的狗。」拇指頭也說，那是一隻大狼狗。

「清爽宜人的微風。」拇指頭把手張開，像個小飛俠。

孫悟空眼明手快拉住他：「那是龍捲風，快跑。」

龍捲風捲走向日葵，吹走大狼狗，連白馬也快飛起來了。直到孫悟

空火眼金睛一瞪，龍捲風才轉彎把滿天烏雲收拾乾淨。

一道黑影飛過拇指頭上空，是個全身通紅的妖精。

妖精飛到樹林，吊在樹上喊：「救命呀。」

唐三藏拉住馬：「悟空，有人叫。」

孫悟空搖搖頭：「師父，這山上哪有人轎、馬轎、牛轎？就算有轎子，也沒人抬你去西天呀。」

「不是轎子的轎，是叫人的叫，他喊得那麼急，一定有災難，快去救他。」

孫悟空說：「這種地方，樹成妖，花成精，快走。」

他要沙悟淨把馬牽好，念個口訣，使出移山縮地大法，一瞬間就走過了十里山路。

他們跑得快，沒顧到拇指頭。拇指頭追到一半，被人提起來，是那個紅妖精。

紅妖精問：「唐三藏怎麼沒救我？」

拇指頭沒好氣的說：「他們早就走了。」

紅妖精把他扔在地上，用腳踩住，生氣的喊：「太過分了，虧我叫得那麼認真！」

拇指頭從地裡鑽出來，也生氣：「你欺負我。」

「欺負你？我還踢你呢。」

妖精抬腿，一腳將拇指頭踢到山谷，跳上紅雲走了。

不屈不撓的拇指頭，爬起來，繼續追。

幸好，拇指頭的個子小，腳程快，等他追上取經隊伍時，大家正停下來，望著樹上發呆。

那個全身紅通通、被綁在樹上的娃娃，拇指頭認得，是紅妖精。

唐三藏問：「孩子，你怎麼在這裡呢？」

拇指頭拉拉孫悟空，說：「那是妖精。」

孫悟空說：「我知道，我想看他怎麼騙我師父。」

妖精哭得很逼真：「師父，強盜殺了我父親，搶了我母親，把我吊在這裡三天三夜，師父，救我呀！」

唐僧要豬八戒把他放下來，被孫悟空喝住：「妖精，別搗蛋。」

拇指頭也說：「那是個壞妖精。」

紅妖精放聲大哭：「師父，我沒騙人呀。我外公住山南，姑姑在山北，紅家村還有叔伯，把我救回去，我們賣田賣地，重重酬謝你們。」

「師兄，救他吧！他們賣家產給我們買糖葫蘆。」

豬八戒很開心，拿起刀子飛速把繩子挑斷。

妖精抱著唐三藏，不停的道謝。

唐三藏心軟：「孩子，上馬吧，我帶你回家去。」

「他是妖精，他在演……」

拇指頭話還沒喊完，妖精用腳踩住他，哭喊著：「我手腳都麻了，沒辦法騎馬。」

「那……讓八戒馱你？」

「豬師父嘴巴長耳朵大，我怕怕。」

「沙悟淨呢，人高手長，他背你合適。」

「我也怕河童。」

孫悟空大笑：「說來說去，你要我背？」

妖精一躍，跳上孫悟空的背，孫悟空用力一摔，想把妖精摔下來，妖精卻趁機跳到半空，作法呼風。這風吹得唐三藏馬上難坐，豬八戒不敢仰視，沙悟淨低頭遮臉，拇指頭更被風吹得翻了好幾十個觔斗。等到風停，大家互相扶持著站起來，抖掉黃沙，這才發現唐僧已經被妖精抓走了。

「妖怪，你太可恨了。」

孫悟空氣得變出三頭六臂，手持三根金箍棒，打得大地鬼哭神嚎。山裡的山神、土地公全跪在地上求他：「大聖，求求你別打啦，我們害怕呀。」

還我師父來！

「我問你們，那是什麼妖怪，敢抓我師父？」

「大聖，這山上有個火雲洞，洞裡住著牛魔王和鐵扇公主的兒子紅孩兒，他曾在火焰山修行三百年，煉成三昧真火。」

——

「牛魔王？哈哈哈，」孫悟空笑著說，「大家放心吧，師父沒事，那妖精是我親戚。」

豬八戒不相信：「你住花果山，離這裡萬水千山，哪來的親戚？」

孫悟空說：「當年老孫大鬧天宮前，曾和牛魔王結拜當兄弟呢，我去跟他說說，師父絕對沒事。」

4 火雲洞

孫悟空在火雲洞前喊：「洞主出來，免得老孫踩平火雲洞。」

豬八戒也說：「不出來，老豬用釘鈀築破洞門。」

拇指頭腿短踩不到，踢不破，只能喊：「你們大王不出來的話……我……我……我就不理他。」

洞門開了，小妖推出五輛小車，紅孩兒赤腳持槍，威喝：「誰在大呼小叫？」

孫悟空說：「我是五百年前大鬧天宮的孫悟空，是你爹的結拜兄弟，算起來是你叔叔，快放了我師父吧。」

「叔叔，哪裡來的叔叔呀？」紅孩兒不吃這一套。

他舉起火尖槍一刺，孫悟空鐵棒架住，翻臉罵人：「你對長輩不敬，該打。」

兩人交上手，一個使金箍棒，一個拿火尖槍，殺聲震天，豬八戒怕功勞被孫悟空搶光了，舉著九齒釘鈀加入戰局。

紅孩兒一見，立刻跳上小車，握拳頭，念咒語，還往鼻子搥兩拳，鼻子噴出濃煙，嘴巴吐出大火。

「大火烤乳豬，不跑待何時？」豬八戒溜了。

孫悟空使出避火訣，勉強支撐。紅孩兒冷笑一聲，張嘴吐氣，大火更盛，孫悟空嚇得只能往外逃。

拇指頭從他尾巴上掉下來，大火一燒，他什麼也看不到，最後掉進

溪裡，在水裡浸了好久。好不容易才爬起來，抖抖身子，卻赫然發現，他的手不見了。

拇指頭再看看腳，他的腳也不見了。可是摸一摸，明明手腳都還在呀。

他突然想起五莊觀的土地公曾經說過，人參果火燒則隱。

拇指頭說：「難道我被大火一燒就煉成了隱身術？太棒了，現在誰也看不到我了。」他開心得跳起來。

拇指頭去找孫悟空，他們師兄弟正躲在樹林裡商量呢。

孫悟空說：「紅孩兒的槍法不好，拳法太差，就是那火厲害。」

豬八戒搖頭嘆氣：「對，那火真的厲害。」

沙悟淨怒站起來：「怕什麼呢？古人說，兵來將擋，火來……」

「水淹。」拇指頭忍不住說。

「誰？誰在說話？」他們看看四周，拇指頭屏住呼吸，動也不動。

「一定是風。」豬八戒說。

孫悟空拍手笑：「悟淨說得對，我找龍王爺來幫忙，他管降雨，一定有方法。」

拇指頭抱著孫悟空的尾巴，跟到了水晶龍宮。

龍宮亮晶晶，陽光灑進來，成千上百的魚兒游來游去。

孫悟空沒空看風景，他拉著龍王說：「快快快，下雨救我師父去。」

龍王搖搖頭：「下雨要有玉帝旨意，還得請風雲雷電幫忙。」

孫悟空說：「不必啦，你只要灑點水，幫我滅掉妖怪的火就行了。快走吧。」

「哪有那麼容易，等我一下。」

龍王點齊龍兵，這才帶隊來到火雲洞，由孫悟空打頭陣，衝下去引妖精。

拇指頭怕火，他趴在龍王的角上，看孫悟空打妖精。

孫悟空和紅孩兒兩人乒乒乓乓打了一陣，眼看孫悟空要取勝了，紅孩兒又跳上小車，搥著鼻子。

拇指頭大叫：「龍王，下雨呀！」

龍王以為是孫悟空的口令，想也沒想，灑出一滴雨。

這滴雨在空中化千變百，瀟瀟灑灑，密密沉沉，開始只有小指大，一會兒過後，每一滴雨都有拳頭粗。

拇指頭拍拍手：「大雨啦啦啦，下得妖怪火花……啊——」

那些雨水碰到三昧真火，竟愈潑愈烈，濃煙密布。

孫悟空當年大鬧天宮，被放進八卦爐裡頭，他不怕火，就怕煙。他逃著逃著跳進溪裡，竟然昏了過去。

「龍王，快救孫悟空！」拇指頭大叫。

誰在叫呢？龍王沒空想，他大喝：「天蓬元帥、捲簾將軍，快救你師兄。」

豬八戒聽到有人叫他，不顧溪水泥濘，終於在溪邊找到孫悟空。

沙悟淨抱起孫悟空：「師兄，你別死啦，咱們還沒上西天呢。」

豬八戒說：「師兄有七十二變，就有七十二條性命，死不了。」

他揉揉孫悟空的胸口，從掌心傳出一股熱氣。

那股熱氣愈走愈快，最後衝進孫悟空的天靈蓋，他終於睜眼喊了一聲：「師父！」

沙悟淨摟著他：「師兄總是記掛著師父！」

孫悟空望著藍天：「龍王還在嗎？」

東海龍王在雲裡說：「小龍在這裡。」

「謝謝你幫忙，雖然沒成功，但是欠你一份情，下回再登門拜謝。」

龍王要走了，拇指頭趕緊從龍角跳下來。由於他太小，沒辦法在空中控制方向，他飄飄蕩蕩，竟然掉進火雲洞裡。

洞裡頭，紅孩兒正在思考呢！

「孫猴子吃了虧，一定去請救兵。」

小妖們問：「請誰？」

紅孩兒說：「我去看看。」

他跳到半空看了看，回到洞裡說：「孫悟空派豬八戒請救兵，我去騙他。」

拇指頭急忙跳到紅孩兒的腰間，他也想去看看豬八戒會不會上當？

紅孩兒駕著一朵紅雲來到大海上，先變出一座小島，再把自己變成觀世音。等一切布置妥當，豬八戒也到了。

拇指頭正想出聲警告，豬八戒已經跪下去了：「菩薩，我來了。」

紅孩兒說：「你不去保護唐僧，怎麼來找我？」

「我們遇到一個妖精，他捉走師父，師兄也被他燒壞了，請菩薩救救師父吧。」

拇指頭跳在他耳朵邊吼著：「他是紅孩兒。」

豬八戒抬頭，四周看看，清風徐徐，菩薩正在微笑。那笑……看起來有點兒眼熟。

菩薩說：「紅孩兒是好孩子，你誤會他了。」

「老豬沒誤會他。」

「你跟我來，我跟他說說。」

「好哇，有菩薩出馬，還怕妖怪抓不到嗎？」豬八戒喜滋滋爬上菩薩的雲。

嗯，這雲紅紅的，飛得快。

拇指頭不斷在豬八戒耳邊告訴他菩薩是假的，是妖精變的，可惜，風很大，他的話全被風捲走了。

紅雲到了火雲洞，小妖們齊聲吶喊：「抓豬八戒，抓豬八戒！」

豬八戒想逃，卻哪兒也逃不了，被紅孩兒用布袋套著，吊在梁上。

「這下真的糟糕了。」

拇指頭回頭來找孫悟空，對他大喊：「豬八戒被抓走啦！」

孫悟空看看四周，沒有人，他掏掏耳朵，以為聽錯了。

「豬八戒被抓走了啦！」拇指頭又喊。

「你是誰？」

「我是拇指頭，那顆人參果。」

「你……」

「你快去救豬八戒。」

「你會隱身術？」

「不知道這算不算，被三昧真火一燒，我就看不見自己了。」

孫悟空問：「拇指頭，我身上的燙傷還沒好，你能替我去火雲洞裡查探軍情嗎？」

「我？」拇指頭好開心，他終於有機會去冒險了。

5 蓮花寶座

隱了形的拇指頭，就這麼跑進火雲洞。

火雲洞裡，紅孩兒正在吩咐六個小妖：「你們認得老大王家嗎？」

「認得。」

「請老大王來吃唐僧，吃了長生不老。」紅孩兒說。

「老大王就是牛魔王，嘻嘻嘻。」聽完拇指頭打聽到的情報，孫悟空腰不疼，腿不酸，站起來大笑：「他變菩薩，我變牛魔王。」

孫悟空化成牛魔王，拔毫毛變小妖，假裝在山裡打獵。

六個小妖分不出真假，跪在地上喊：「大王請您吃唐僧肉，吃了延

年益壽！」

「好孩子，還能想到爹。」

孫悟空假扮的牛魔王很開心，樂得說：「走走走，吃唐僧肉。」

拇指頭跳上假牛魔王的角上，跟他到了火雲洞。

火雲洞前，敲鑼打鼓放鞭炮，紅孩兒叩頭迎接。

孫悟空問：「兒子，你抓的是哪個唐僧呀？」

「大唐往西天取經的唐三藏。」

「唉呀，他徒弟孫悟空神通廣大，十萬天兵也抓不到，你別惹他。」

「爹，不怕，孩兒我捉了唐三藏，吊了豬八戒，還用三昧真火打敗孫悟空。」

假扮牛魔王的孫悟空說：「孫悟空七十二變化，變象變狼，變螞蟻變蜜蜂。」

孫悟空還故意湊近他耳邊，小聲說：「還會變成我。」

紅孩兒大笑：「他被火燒怕了，不敢靠近火雲洞。」

孫悟空故意裝為難：「爹這兩天吃素。」

「吃素？」

「你娘勸我多做善事，爹現在逢雙就吃素。」

「今天……」

「今天十二，該吃素，爹明天再陪你吃唐僧。」

紅孩兒不信，問小妖：「你們在哪裡接老大王？」

六個小妖說：「半路遇到老大王。」

紅孩兒聽了呵呵笑，指著孫悟空假扮的牛魔王：「你敢扮我父親？」

孫悟空否認：「我是你爹呀。」

「請問我爹，我是哪天生的呢？」

拇指頭愣了一下，誰會知道紅孩兒哪天生日呢？

孫悟空反應快：「爹的年紀老，萬事記不牢，回家問娘吧。」

「做爹的忘了孩子生日？你是假的。」紅孩兒一聲大喝，大小群妖使槍動刀殺了過來。

「兒子打老子？你太壞了。」孫悟空現出本相，笑著化成一道金光，走了。

拇指頭不會變金光，咚的一聲，掉到地上。幸好，他隱形了，沒有人注意他，他追著金光，來到溪邊。

孫悟空笑得好開心：「這個妖精，他叫我父王，我說好；他叩頭，我接受，真快活。」

沙悟淨擔心的問：「師兄的腰不疼啦？」

孫悟空說：「人逢喜事精神爽，不疼了，悟淨，你看好行李和白馬，我去找菩薩。」

突然，他低下頭問：「拇指頭在不在？」

拇指頭笑呵呵：「在你尾巴上呢。」

「我們去南海請菩薩吧。」

孫悟空駕起觔斗雲，來到落伽山，把紅孩兒的事告訴菩薩。

菩薩咦了一聲，指著拇指頭：「幾天沒見，你會隱身了？」

拇指頭說：「菩薩，我是被三昧真火燒到……」

菩薩拿楊柳枝一點，拇指頭通體清涼，忍不住伸手踢腿，開心大

笑：「我看見手了。」

孫悟空急：「菩薩，紅孩兒……」

「別急，我陪你去。」

菩薩向托塔天王借來三十六把天罡刀，拋向天空，天罡刀變成千葉蓮臺，菩薩坐在正中間，飛到火雲洞上空。

「悟空，你找紅孩兒挑戰，只許敗不許勝，把他引來，我自有方法收服他。」

拇指頭想跟過去看，菩薩卻拎著他，說：「你陪我在這兒看戲吧！」

「那好，我愛看戲。」

拇指頭等沒多久，一陣金鐵交錯的聲音傳來，孫悟空在前，紅孩兒在後頭追。孫悟空一跑到菩薩跟前，立刻轉身說：「見到南海觀世音菩薩，還不跪？」

紅孩兒不理他，火尖槍一把刺過來，孫悟空閃進菩薩的神光裡，不見了。

「你是孫悟空請來的救兵？」

紅孩兒東看看，西看看，問了幾句，菩薩都不理，他一氣，挺起長槍直刺，但菩薩化成清風，拎著拇指頭，飛上九霄雲外。

大家都走了，只剩下一座孤孤單單的蓮花寶座。

紅孩兒笑呵呵：「膿包菩薩，連寶座也不要了。好，換我來坐坐，當當菩薩！」

天上的拇指頭大叫：「菩薩，你的寶座……」

「我正要他坐呢。」菩薩楊柳枝往下一指，喝聲：「退！」

寶座祥光消失，現出三十六把天罡刀，刀刀穿出紅孩兒大腿。

紅孩兒痛得齜牙裂嘴，雙手亂撥亂打。

拇指頭擔心：「菩薩，他會弄壞你的刀。」

「他弄不壞。」菩薩念聲咒語，天罡刀的刀尖變彎，像狼牙一樣緊勾住紅孩兒。

紅孩兒痛得大叫：「菩薩，饒了我，我願意入佛門修行。」

「你肯接受佛門的約束？」

「我願意，我願意！」他喊著。

菩薩把手一指，天罡刀歸位。

紅孩兒拍拍全身，身上完好無缺。他反悔了，眼睛一瞪，大罵：

「哼！只會用法術騙人的菩薩，看槍！」

火尖鎗來得又急又快，菩薩側身閃過，從袖子抽出金箍兒，說：「如來佛賜我金、緊、禁三箍兒，緊箍兒給了悟空，禁箍兒收了大黑熊，金箍兒只好送你了。」

那個金箍兒被菩薩拋上天，一個變五個，瞬間全套在紅孩兒的身上。他愈是使勁想把圈子拔掉，愈是掙不開。菩薩念了幾句金箍兒咒，紅孩兒立刻痛得在地上打滾。

「這個圈子這麼厲害呀？」拇指頭問。

孫悟空苦笑著說：「我頭上一個緊箍兒就受不了，他一次套五個，你說疼不疼？」說到這兒，孫悟

空還有點兒同情的多看紅孩兒一眼。

紅孩兒淚汪汪跟著菩薩回南海。

拇指頭心裡有點遲疑，不知道到底該去南海看紅孩兒哭？還是跟孫悟空去西天取經？

他決定得很快：「打怪比較刺激。」

孫悟空看著拇指頭，搖搖頭嘆了一口氣：「唉，好奇心比腦子還重的妖怪。」

6 灰塵寺

拇指頭一下子就跑到前方去，邊跑邊說：「看熱鬧比較重要嘛，那裡有樓臺宮闕，一定有寺廟。」

孫悟空在後頭追：「那是什麼廟？」

「順便問問這裡有什麼好吃的？」豬八戒補充。

拇指頭停下腳步，回答：「這裡是灰塵廟。」

唐三藏笑彎了腰：「貧僧經過多少廟宇，哪有什麼灰塵廟。」

拇指頭指指山門上的牌匾說：「你們自己看。」

被灰塵遮蔽的牌匾，不知多久沒擦。孫悟空伸伸腰，長成二丈高，

抹掉灰塵，底下冒出「寶林寺」三個金字。

唐三藏說：「好一座莊嚴的大寺，平常你們打怪化齋很辛苦，今天換我去借宿。」

沙悟淨牽白馬，豬八戒放行李，孫悟空不放心，問：「師父行嗎？」

唐三藏昂首闊步走進寺裡去。

拇指頭好奇，一跳就跳在他肩上說：「我陪他去，一定行。」

他們進了大雄寶殿，見了住持，住持正在念經。

唐三藏說：「我們想借宿。」

住持翻翻白眼：「窮和尚，去走廊下蹲著吧。」

唐三藏一聽，快哭了：「我們要去取經，只住一宿。」

住持用手推他：「取什麼經？都是好吃懶做的和尚。以前我好心，招待了幾個，誰想他們一住就不走了，不念經也不掃地，還偷燈油！去去去，去走廊蹲一宿，明早滾出去。」

拇指頭抗議，住持拿著佛經敲他的頭。唐僧只好哭哭啼啼回到山門外。三個徒弟一問他，他哭得更傷心了。

孫悟空笑嘻嘻：「還是老孫去借吧！」

他招招拇指頭：「你不是愛看熱鬧嗎？走吧！」

拇指頭自然是高高興興的跟上去。

寶林寺裡，住持的門緊緊關著，孫悟空金箍棒輕輕一敲，門破了。

孫悟空說：「上好的房間一千間，老爺們要睡覺。」

住持抱著棉被發抖：「您……您愛說笑了，寶林寺裡只有三百間屋子……」

寶林寺
沒有
客房嗎？

孫悟空喊聲「粗」，金箍棒立刻變得跟大樹一樣粗，往上頂著屋梁，他說：「沒房？你搬出去讓我師父住。」

「這……這……」

「你不搬？」孫悟空把棍子提起來，乒的一下，門外石獅立刻被壓成粉末。

他再問：「有沒有房？」

住持嚇得大叫：「有房，有房，要多少房有多少房。」

「點齊全寺和尚，穿戴整齊，把我家師父請進來，否則……」

「爺爺，別否則了，我們用抬的也把您家師父抬進來。」

住持東邊打打鼓，西邊撞撞鐘，驚動全寺大大小小的僧人。

「早不早，晚不晚，怎麼撞鐘又打鼓？」大小僧人全納悶。

住持說：「快排隊，跟我去請唐朝來的大師父。」

僧人們一聽爭先恐後全跑出山門，個個抱著唐僧的大腿喊：「唐老爺，請進寺裡休息。」

唐僧急忙說：「各位請起，我擔當不起呀。」

拇指頭笑著說：「呵呵，只要孫悟空不拿棒子打人，要他們再跪一個月也沒問題。」

7 鬼國王

三更半夜，唐三藏大叫徒弟，一群人全從夢中驚醒。

豬八戒氣惱：「師父呀，我夢裡一顆好大的素饅頭，被你一叫，全沒啦。」

「我剛才睡覺時，做了個怪夢。」唐三藏委屈著說。

孫悟空問：「師父是想家了嗎？」

唐三藏說：「我夢見門外有個國王，說是烏雞國國王，全身水淋淋，朝我直喊冤枉。」

「鬼國王？」拇指頭不知不覺伸手抓緊了孫悟空，他的手有點抖。

「他說三年前，烏雞國旱災，有個法力高超的道士，替百姓祈來大雨，國王很感激，和他結拜當兄弟。沒想到，那道士竟然趁著兩人在御花園賞花的時候，把他推到井裡去，奪了皇位，搶了皇后，這件事連太子也不知道。還說，那口井現在上頭種了芭蕉。」

孫悟空冷笑一聲：「我看，這人根本不是道士，是個妖怪。」

拇指頭拍拍手：「我喜歡打怪。」

豬八戒不相信：「大夥兒還是去睡吧，師父只是做夢。」

「國王怕我不相信，說他留個寶貝在院子裡，明天太子來打獵時，要我拿寶貝去說服他。」

一聽有寶貝，拇指頭跑得快，他從門縫鑽出去。

月光很亮，院子很亮，一個紅木匣，靜靜躺在月光下。

孫悟空拉開匣蓋，裡頭有個溫潤的玉器。

沙悟淨問：「這是……」

孫悟空說：「這是國王的白玉珪。明天，我把太子引過來，師父拿白玉珪給他看。」

「太子如果不相信呢？」唐三藏擔心。

「你負責念經，萬事找立帝貨出來解釋。」

眾人不明白：「立帝貨？」

孫悟空賣關子：「等天亮就知道了嘛！」

「天亮？天怎麼還不亮？」拇指頭等得心急，三番兩次溜到樹上等陽光。

沙悟淨安慰他：「總會天亮的。」

「我想第一個看到陽光嘛。」拇指頭堅持等。

好不容易看到東方天色發白，拇指頭立刻趴在孫悟空耳邊說：

「天亮亮，急忙忙，你快快起床。」

孫悟空笑一笑，跳到半空，尾巴上多個小跟班，那是拇指頭。

他們飛得高，看得遠。

四十里外有座小城，三聲炮響，士兵騎馬出來。

帶隊的小將軍，全身獵裝打扮，騎著神駿的黃驃馬。

「那一定是太子了，拇指頭，抓緊了。」孫悟空大叫，他在地上一滾，變成一隻小兔子。小兔子跳到太子面前，故意朝他笑了笑。

太子拉開弓，一箭射來。

孫悟空接往箭頭，假裝中箭，往前跳跳跳。

受我一箭！

「追！」太子大叫，鞭子一拍，黃驃馬像箭一樣，疾馳出去。

黃馬追得快，孫悟空跑得更快；黃馬跑累了，孫悟空等著他，不知不覺來到寶林寺。

孫悟空把箭插在門檻上，變身二寸長的小和尚，鑽進紅木匣。

太子到了，寶林寺的和尚全搶著去迎接，又送茶，又搧風，又遞點心又捶腿。

走到大殿，殿裡有個和尚在念經，連瞧也不瞧太子一眼。

那和尚正是唐三藏。

太子很生氣：「哪裡來的和尚，如此藐視我？」

唐三藏說：「貧僧乃東土僧人，上西天拜佛進寶。」

「東土有什麼寶貝，敢拿去西天？」

「紅木匣裡有一個立帝貨，詳知上下一千五百年的事，包括你父親的仇。」

太子聽了更生氣了，他暴跳起來問：「我父王哪裡來的仇？」

「有仇沒仇，請他出來就知道。」

唐三藏拉開木匣，匣裡跳出二寸長的孫悟空。

「這位小矮人，能有什麼見識？」

「嫌我矮？我也可以高。」孫悟空伸了伸腰，當下長回原來的大小。

太子問他：「聽說你知道過去和未來的事，你是看星相，還是算八卦？」

「我只要一張嘴，什麼都知道。」

「怎麼可能呢？算命師至少還要卜個卦。」

「太子，幾年前烏雞國旱災，有個道士前來替你們祈雨，對不對？」

「這事人人都知道。」

「後來，道士不見了，現在，誰當國王？」

「當然是我父王呀。」

「道士呢？」

「父王說，道士陪他去賞花後，一陣好大的仙風，將道士和白玉珪都吹走了。」

孫悟空把太子拉到一邊說：「太子殿下，被風吹走的是你父王，現在坐在皇位的，正是那個道士。」

太子不相信：「你胡說、你造謠，你……」

孫悟空雙手捧出白玉珪：「你認識它吧？」

太子激動極了：「我知道了，你就是那個道士，是你騙走了我家的寶貝？」

「我是孫悟空，是唐僧的大徒弟。昨夜你父王托夢給我師父，說道士害了他，還變成他。剛才你打獵，射中的就是我，我帶你來，還把白玉珪給你看，你還不相信？」

太子遲疑了：「你說我父王是妖怪？難怪這三年來，他總是對我冷冰冰。」

「天色晚了，你先回去，明天我幫你擒妖。」

孫悟空拍胸脯對太子保證。

8 井龍王的寶貝

那天晚上，月光亮晶晶，孫悟空睡不著。

拇指頭很好奇，問他：「你有煩惱？」

「妖怪做了三年國王，我抓住他，怎麼讓人信服？」

拇指頭也沒主意，說：「那怎麼辦？難道你去把真國王叫來嗎？」

「咦，這倒是好主意。」

孫悟空拍著額頭，想到個法子，他叫醒豬八戒，「師弟你曾是天河元帥，水性一等一，對吧！現在陪我去找寶貝。」

拇指頭拉著他不放：「那是我的點子，你得讓我跟。」

「好吧。」孫悟空把拇指頭放進腰袋，帶著豬八戒跳上雲端，飛到皇宮後花園。後花園裡草木繁多，不過，只有一棵芭蕉。

「就是這裡啦，快把樹挖起來。」孫悟空說。

豬八戒奮力築倒芭蕉樹，挖開爛泥巴，底下有塊石板。見著石板，豬八戒內心大喜：「真是天大的造化，底下不知道是黃金，還是白銀呢？」

豬八戒搶著掀開石板，一道銀光直衝上天，不斷流轉。他探頭一看，沒看見什麼金銀珠寶，只見一口圓形的水井，水面泛著月光。

「寶貝呢？」豬八戒問。

「在井裡呀。」

孫悟空拿出金箍棒，叫聲「長」，金箍棒便伸長有七、八丈那麼長。

孫悟空說：「你抱住一邊，我把你放進井裡。」

豬八戒叮嚀他：「師兄，到了水面，你得停一停。」

「我曉得。」孫悟空說。

他把豬八戒輕輕提起來，放到水面上。

一到水面，豬八戒連連喊著到水邊啦。

孫悟空一聽，非但沒停，反而猛的將棒子用力一按，讓豬八戒掉進水裡。

豬八戒吃了水，急忙浮出水面，猛瞪孫悟空：「你……你……」

「怎麼樣？有寶貝嗎？」孫悟空問

豬八戒沒好氣：「哪來的寶呀，這只是一口井。」

「寶貝沉在水底，你要下去找哇。」

好黑喔……

水晶宮

豬八戒水性好，但那井很深，他游了一會兒，才發現一座牌樓，上頭寫著「水晶宮」三個字。

豬八戒疑惑：「井底也有水晶宮？」

這時，龍王領著蝦兵蟹將出來，彬彬有禮的說：「天蓬元帥，歡迎光臨，快把寶貝帶回去吧。」

「真的有寶貝？」

龍王笑呵呵：「當然，當然。」

豬八戒搓著手，滿心歡喜。龍王帶他到前院，地上躺個人，頭戴皇冠，身穿龍袍。摸摸那人的身體，冷冰冰。

「這……」

「這是烏雞國王，他掉到井中，讓我用定顏珠定住。你馱他出去，請齊天大聖把他救活後，你要什麼就有什麼，豈不是天大的寶貝。」

「把死人當寶貝？」這是什麼道理？

豬八戒氣呼呼馱著國王回到寶林寺。他的力氣太大了，把國王丟下地時，竟從國王的嘴裡，滾出一顆溫潤的珠子。

孫悟空有見識：「啊，定顏珠，怪不得國王浸水三年，身體不壞。」

拇指頭好奇的抱著那顆珠子問：「這……這是什麼做的？」

「井龍王說是什麼千年沉香木。」豬八戒說。

「沉香木？那就是……木頭……囉……」拇指頭說著說著，竟然沒了聲音，明明張著嘴巴卻說不出話來。

他這才想到，五莊觀的土地公說過，人參果「遇木則凍」。

拇指頭在心裡喃喃自語：「所以，遇木則凍的意思是，我碰到木頭

會被凍成殭屍？」

嘴巴不能說，眼睛不能眨，只能眼睜睜站著，看唐僧拉著孫悟空，要他把國王救活。

唐三藏說：「徒兒一定有辦法。」

孫悟空搖搖頭，只能叫來觔斗雲，跳進南天門，找了太上老君，要來一顆九轉還陽丹。

「老君說，吃了它，連殭屍也能活過來。」

拇指頭聽著，在心裡拚命狂叫：「餵我吃呀，餵我吃呀。」

可惜，九轉還陽丹還是進了國王的嘴裡。

國王吃了藥，肚子一陣咕嚕咕嚕響，不只醒過來，能走能動能說話，還要陪他們去烏雞國，找那個妖怪算帳。

天亮了，國王也扮成唐三藏的徒弟，一行人說說笑笑出發了。

「等等我，等等我。」最愛看熱鬧的拇指頭，現在只能站在原地，一動也不動。

「我還在這裡耶！」他心裡大叫，「我還在……」

拇指頭後悔極了，都是好奇心惹的禍，現在怎麼辦？

公雞喔喔叫，院子熱鬧了。

幾個僧人在念經，幾個僧人來掃地。

掃把括啦括啦，愈掃愈近。

「小心一點，別掃到我。」拇指頭心裡喊。

可是他實在太小了，和尚根本沒看到他，拿起掃把將他當成了落葉，這麼一揮，他就從院子飛到大門口。另一枝掃把揮來，再把他從門

口彈到路口，這次的力道強，拇指頭和定顏珠終於分手了。

拇指頭骨嘟骨嘟滾到水溝底。

「好痛呀！」等他叫完才想到，「我可以說話了？」

拇指頭開心極了，一溜煙就趕到了烏雞國。

烏雞國裡行人多，人們都說往西天取經的和尚進了宮。

「真假國王要見面啦，多精采！」拇指頭急著看熱鬧，在紛雜的行人腳邊穿來穿去。

嘿嘿嘿，他也進了宮。

皇宮很莊嚴，文武百宮列兩邊，他們大喝：「見了國王還不跪？」

假國王也說：「對對對，趕快跪了，你們就可以走了。」

孫悟空笑嘻嘻：「小小國家的小小國王，有什麼好跪的？」

假國王氣到臉都發紫了，大吼說：「我是國王！你們只要跪下去，晚上住宿我招待。」

「我們是和尚，不住飯店也能住破廟。」孫悟空回答。

假國王指著唐三藏問：「和尚，你跪不跪？」

孫悟空又搶著答：「我師父是大唐皇帝派去西天取經的僧人，他只跪菩薩和如來佛。」

假國王扯著鬍子再問：「那你呢？你只是一隻小猴子。」

「哇，五百年前我大鬧天宮，法力無邊，我這隻猴子不跪凡人。」

「那隻小豬呢？小豬，你跪一跪我，我請你吃御廚的料理。」

豬八戒吞了吞口水，有點想答應，但孫悟空不讓他說話。

「我師弟豬八戒，原是天蓬元帥，率領天兵天將；另一邊的三師弟

沙悟淨，是捲簾大將下凡來，他們怎麼能向你這凡人跪拜？不拜不拜，你快點蓋了關印，我們好去取經。」

「那他……」假國王指指真國王，問：「他是誰？」

孫悟空說：「我師父在寶林寺新收的徒弟。」

「你們也就罷了，他是寶林寺的和尚，是烏雞國的子民，應該要跪拜我！」

國王得意極了，終於找到人可以跪了，驕傲下令：「你跪吧！」

孫悟空說：「不行，他原來也是個國王，三年前被人推下水井，搶了王位。」

「胡說八道……」

假國王臉紅了，他正要喊人，但孫悟空一棒打過去，那鐵棒又疾又沉，他擋不住，只好躲進文武百官中，搖身一變，變成了唐僧。

孫悟空想打，這邊的唐僧說：「徒弟，別打我呀。」

他想打另一個，另一個也說：「徒弟，別打，是師父呀。」

不只孫悟空分不出真假，豬八戒搖搖手，沙悟淨也搖搖頭。

「這該怎麼辦呀？」孫悟空搔著頭，想不出方法。

拇指頭一看他搔頭，有了點子。

他從人群裡跳出來，跳到孫悟空耳邊說：「你忍著頭疼，請你師父念念緊箍兒咒，誰念了頭不疼，誰就是妖精。」

孫悟空一聽，笑得好開心：「哈哈，沒錯沒錯，緊箍兒咒是如來佛傳給觀音，觀音傳給我師父，這世上再沒有人知道了。」

他回頭，對著兩個唐僧說：「師父，念吧。」

兩個師父？

假國王哪知道什麼咒，胡亂念著冬瓜西瓜滿園瓜……

豬八戒在旁邊喊：「喊瓜瓜的是妖怪。」

他舉起釘鈀就打，假國王跳到雲端，孫悟空帶著豬八戒和沙悟淨追過去，他們師兄弟武藝高強，假國王招架不住……

「悟空，饒他一命。」

一朵祥雲飄在上空，那是文殊菩薩。菩薩拿照妖鏡照著妖怪，鏡底下，現出一隻青毛獅王。

孫悟空覺得很奇怪：「那不是你的坐騎嗎？他怎麼會下凡當妖怪？」

菩薩說：「他是奉了如來旨意，下凡出差。」

「出差當妖怪？」拇指頭忍不住問。

菩薩把拇指頭放在掌中，告訴他：「烏雞國王曾經不敬佛祖，讓佛

祖的雕像掉進水池三天三夜，所以才有這三年的水難。現在他處罰完畢，我也要帶青毛獅回西天。」

「那現在……」孫悟空問。

「該取經的取經，該當國王的去當國王。」

菩薩又看了一眼拇指頭，微笑著說：「該跟去看熱鬧的……」

「當然是去看熱鬧囉！」拇指頭趕緊接著喊，大家聽了都笑了。

9 子母河

往西行，天氣熱。

看著山，山好熱，看著天，天好熱。

熱呀，孫悟空的觔斗雲罩著大家，大家還是熱，因為觔斗雲太小，擋不住炎熱，豬八戒用耳朵遮著頭，沙悟淨的汗水像河流，滴滴答答往下流，唐三藏坐在白馬上皺眉頭。

拇指頭沒有法力，不過，他有耳朵，每個耳朵都在聽。

百里外有雷鳴，那裡下雨了。

十里外有涼風，可惜還沒走到。

一里……一里外好像傳來一陣陣嘩啦啦的聲音。

拇指頭耳朵豎起來：「沒錯，沒錯，真的有條河。」

他立刻向前跑，跑呀跑呀，一雙大腳超過他，是豬八戒。

一條安靜清涼的小河在前方等著他們，兩岸垂柳，隨風搖曳。

河邊有一整排的姑娘，她們穿紅戴紫，彷彿夏天裡最美麗的花。

照理說，不管是哪裡的姑娘，見了豬八戒都會喊可怕。

長長的嘴巴，大大的耳朵，笑的時候口水還會滴下來，真可怕。

可是，這裡的姑娘個個笑嘻嘻，她們目不轉睛的盯著豬八戒，頻頻揮動手裡的絲巾喊著：「帥哥，帥哥，看過來。」

豬八戒放慢了腳步，在姑娘們面前，他很斯文的想打招呼：「我……我……齁齁。」忍不住的口水卻滴了下來。

拇指頭趁機越過他，往河邊奔去。河水好乾淨，小魚水草看得清清楚楚，他掬起一點兒水喝下肚，冰冰涼涼。

「唐師父，喝水了。」拇指頭說。

唐三藏用缽盂舀起水來，喝了幾口；剩下的，全被豬八戒給喝光了。喝完了水他們才發現，四周的姑娘們全在笑：

「你們喝子母河的河水？」

「清涼呀。」豬八戒說，「姑娘們不喝？」

姑娘們笑一笑，圍著他：「肚子沒有不舒服？」

這一說，豬八戒確實覺得肚子怪怪的，他說：「痛痛的。」

唐三藏也說：「我也有點兒痛。」

聽大家這麼說，拇指頭的雙手抱著肚子大喊：「唉呀，我的肚子也

好痛呀！」

那個痛，不是普通的痛，好像肚子裡有誰在拳打腳踢。

拇指頭仔細一看，唉呀，他的肚子怎麼變大了，用手摸一摸，真的像有誰在肚子裡踢他。

孫悟空很著急：「師父，別怕，我們去前方村子找大夫醫。」

河邊一溜街道，布招隨風飄盪，看起來熱鬧，走近一瞧，全是接生婆廣告：

生得快產婆

接得牢婦科

多子多孫接生婆婆

多得滿出來接生婆

他們才走進那條街，接得牢的婆婆最積極，邊拉他們邊唱歌：

生小孩這裡來
白白胖胖很可愛
三餐喝雞精　宵夜吃雞排
生的孩子帥帥又乖乖
技術好　接得快
接得牢的口碑最實在

豬八戒衣袖用力一甩，說：「我是男的，男的怎麼生小孩。」

沒想到，婆婆掩著嘴笑：「那你更該來，誰叫你們喝了子母河的

多子多孫接
生到滿出來
大媽接
接生街
快生了嗎？

水，現在肚子裡的胎兒就要出來了，不找我們，還找誰去呀？」

「子母河？生小孩？不可能！」唐三藏一聽，連忙搖搖頭。

「你這裡有沒有治肚子痛的藥？給我們來三帖。」孫悟空說。

婆婆攙著唐僧笑著解釋：「這裡是西梁女國，全國都是女人，外頭的河叫做子母河，年滿二十歲的姑娘就能來喝水。喝了水，立刻就會覺得肚子痛，三天後，就可以生小孩。」

「我肚子痛……」豬八戒說。

「恭喜你快要有孩子了。」婆婆說。

豬八戒大叫：「我是男的……唉唷痛死了！」

拇指頭也痛呀，他那圓圓的身體，現在脹大了至少十倍。

孫悟空搖搖頭：「人參果樹一次結三十顆果子，拇指頭，你快有三

十個孩子了。」

拇指頭疼得在地上滾了一圈又一圈：「救救我，救救我……」

看他那麼可憐，婆婆說：「不想生也可以，往正南方百里外，有座解陽山，山上有座破兒洞，洞裡有口落胎泉，吃一口泉水，就能解了胎氣，不會生小孩。」

孫悟空一聽立刻吩咐沙悟淨：「師弟，你留在這裡保護大家，等我取水回來。」

拇指頭抱著肚子喊：「我……我也要去。」

「你快生孩子了，你留下。」

「有熱鬧看，再痛……我也要去。」拇指頭細細的小手堅持拉著孫悟空，跟著往解陽山飛去。

10 落胎泉

解陽山很高，聚仙庵很大，白髮白眉的老道士在作法。

晴空朗朗，桃木劍東指西劃。

孫悟空出手用鐵棒架住那把木頭劍：「快快快，快通報如意真仙，請他拿落胎泉水救我師父。」

老道士瞧瞧他，笑：「我就是如意真仙，你師父喝了子母河的水？」

「我師弟豬八戒也喝了，」孫悟空捧起手中的拇指頭說，「還有他，他們都是男的，都快生小孩了。」

老道士伸出一隻手：「拿來。」

拇指頭揉著肚子問：「拿什麼來？」

「上等美酒三罈，上等肉乾三斤，再加上上等白米三斗，上等水果乾三袋。」

孫悟空急：「我們要上西天去取經，哪有這些東西？」

老道士眼睛瞇成一條線：「哼哼，沒有見面禮，就沒有落胎泉水，出去出去。」

「我是齊天大聖孫悟空，五百年前大鬧天宮，你聽完了，有沒有很佩服？我這麼厲害，卻只來跟你要一桶水。」

如意真仙拿出一把鉤子：「你真的是孫悟空？」

孫悟空笑：「當然，是不是要我幫你在鉤子上簽名？你送我一桶落胎泉水，我再簽。」

「簽名？」如意真仙大喝一聲，「牛魔王是我兄弟，紅孩兒叫我叔叔，你害了他，我沒找你報仇，你還敢找我要水？」

孫悟空陪著笑臉：「紅孩兒跟了菩薩，現在修成正果，我和牛魔王也是兄弟，算起來，咱們也是兄弟……」

「他在人間當個魔王，去了南海只能當童子，有什麼好處，孫猴子你別跑，吃我一鉤！」

那把鉤子很厲害，它會自動繞過障礙物，對準目標。

孫悟空左避右避，好不容易一棒把它推開了，趕緊踢破庵門，找到水井。他正要拿吊桶取水，那把鉤子卻伸來鉤住他的腳。

唉呀呀，孫悟空跌得四腳朝天。

「如意真仙，你過來，咱們好好打一架。」孫悟空氣得捲袖子。

如意真仙雙手扠腰：「我不過去，看你怎麼拿水。」

孫悟空一手拿鐵棒，一手拿吊桶，他剛剛把吊桶放進古井，那把如意鉤就伸進來鉤住他的腳，一把將他扯翻，連吊桶都掉進井裡。

「你……」孫悟空追出去，如意真仙又跑走了；等孫悟空跳回井裡，鉤子又來鉤他，孫悟空氣得暴跳如雷，卻又拿如意真仙無可奈何。

拇指頭忍著痛提醒他：「你……你快去找沙悟淨幫忙，快啦，我真的要生了。」

「別急著生，你等我，我去找人。」

孫悟空急忙回去拉了沙悟淨，兩人回到聚仙庵，拍著門大叫：

「開門，快把泉水送出來。」

如意真仙罵：「泉水是我的，我就是不給你。」

孫悟空很生氣：「真的不給？」

「不給，不給。」

孫悟空舉起棒子揮向他，兩人從山頭打到了山腳。

拇指頭對沙悟淨狂吼：「你快去拿水呀。我快生了，你知不知道？」

沙悟淨平時很少顯出本事，這回……他從井裡打了滿滿的一桶水，跳上半空，朝著孫悟空喊：「師兄，水拿到了，快回去救師父吧。」

孫悟空推開如意真仙：「看在你和牛魔王是兄弟的份上，你去吧。」

「把水還給我。」如意真仙追過來。

孫悟空嘆了口氣，一把搶過那把鉤子，折成四段，再一腳把如意真仙踢回井邊，這才跳上雲端。

子母河邊，大家都等著孫悟空帶回來的水。

「悟空……我……」唐三藏喊。

「我也快生了。」豬八戒痛到快說不出話來了。

落胎泉水很靈，唐三藏喝一口，肚子咕嚕咕嚕響，跑廁所，蹲茅坑……那味道，嗯，不好聞。

拇指頭也喝了一口水，清涼的水，化掉了肚子裡的憂愁。不過，好像什麼地方怪怪的。

他看看大家，大家看看他；不對，是她。

「拇指頭，你怎麼變成拇指妹啦？」

11 西梁女國

「為什麼你喝了落胎泉的泉水變成女的？」孫悟空問著坐在他頭上的拇指妹。

「好像……好像土地公說過什麼『水澆則換』，難道是遇到水就男生女生變變變？唉呀，不知道不知道，我如果早知道，還要上西天嗎？」拇指妹搖搖頭，突然看見前方有座城，她說：「咦？粉紅城。」

「取經路上，我看過多少城，黑的白的黃的灰的，哪有什麼粉……」

突然，孫悟空的嘴巴張得很大，前方真的有座粉紅色的城，熱情的等著他們。

粉紅色的城牆，粉紅色的城門，該放石獅子的地方，擺的是粉紅色的……貓。

粉紅色雕滿玫瑰的牌匾，陰柔的字體書寫西梁女國。

侍衛是女生，手裡拿的是菜刀。

守門官是女生，她激動的大叫：「男人！天哪！」

守門官昏倒了。

侍衛把她抬到旁邊，城裡的人全來了——從老婆婆、歐巴桑到還不會走路的小娃娃，她們全目不轉睛的盯著取經大隊，人人搖著手帕，想擠上前來：

「帥哥，帥哥，看我一眼。」

「帥哥，把我娶回家，娶我，娶我。」七、八十歲的老奶奶擋在白馬前面，不讓他們過去。

拇指妹拍拍孫悟空的頭，問：「這樣怎麼去取經？你得想想辦法。」

「兄弟們，擺出醜臉吧，愈醜愈凶愈好。」

孫悟空大喝一聲，登登登，呈現妖猴的姿態；豬八戒甩甩耳朵，露出長嘴；沙悟淨吼著，震得屋簷上的飛鳥拍翅而飛。

在其他地方，只要他們擺出凶惡的神情，不知道會嚇壞多少人。但是，在西梁女國……

「哇，好有英雄氣概！」歐巴桑抱著貓，跟著他們走。

「簡直是超人再世。」老奶奶對著自己的貓說話，「英明神武，你說對不對？」

原來那隻貓叫做英明神武，牠喵了一聲，好像不太贊同。

但是，附近的女人全來了，她們拉白馬，抓唐三藏的腳，四周都是女人，唐三藏幾乎不能呼吸了……

幸好，幾百個士兵騎著馬衝過來，帶頭的女將軍說：

「女王有令，不得搔擾貴客。」

她朝唐三藏伸出手，說：「請貴客跟我們進皇宮。」

有將軍的保護，他們終於能好好看看這座城。

城裡人家都養貓。白色的貓，黑色的貓，黃色的貓，當然，最多的還是粉紅色的貓。那些貓，趴在牆頭，被女人抱在胸前，躺在街道，全部懶洋洋的望著他們。

「是公貓。」拇指頭說。

「公的比較懶。」孫悟空說，他看向豬八戒。

豬八戒果然問了一句很豬八戒的話：「什麼時候吃午飯啊？我快餓昏了。」

午飯在皇宮裡，公貓在女人的懷裡，他們走進小城最大的廣場，皇宮到了。

皇宮鋪著淺淺粉紅、深深粉紅的瓦片，地上石板，官員制服，也全是粉紅色的。殿裡殿外好多貓，文武百官手裡抱著貓，個個發出深深淺淺的笑：

「男人來啦。」

「男人來啦。」

女王把她的愛貓放在鳳椅上：「神威凜凜，你待在這裡，別亂跑。」這才轉頭對唐三藏說：「你來了。」

唐三藏嚇傻了：「我……我來了。」

「對對對，男人來了。」百官們異口同聲的說。

女王有一口好看的牙：「那就這麼說定了。」

唐三藏以為她說的是換替關文，送他們出城：「說定了？現在，今天，馬上？」

「當然呀！」女王跳到他面前，抱著他大叫：「雖然時間有點急，但是我喜歡，就是現在，今天，馬上辦婚事。」

唐三藏嚇得推開她：「婚事？誰要辦婚事？」

女王淺淺一笑：「當然是你和我呀。你現在，今天，馬上先娶我，明天娶宰相，後天娶將軍。西梁女國一共有六十六萬六千六百六十六個女人，你天天娶，我們天天辦喜事。」

她一說完，滿殿官員狂呼萬歲，殿裡的貓也跟著叫了幾聲。

唐三藏搖手：「不不不，我……我要去西天取經。」

女王笑著把他按住：「取經，派你那幾個醜徒弟去就好了，咱們今天就成親。成了親，往後，你來當西梁女國的國王。」

「我？」唐三藏幾乎快昏倒了。

「謝謝女王，我們師父就麻煩你了。」孫悟空開玩笑。

唐三藏喊著：「不行，不行，我是和尚，我不行。」

「和尚可以還俗，你當國王，改天我有空再陪你去取經。」

女王二話不說，拉著唐三藏，往宮裡走。一時間，滿殿百官也都擠過來，拉著他，抓著他，喊著：「娶我娶我，你也要娶我。」

就連旁邊的豬八戒、沙悟淨，也都被人團團圍住。官員、士兵，甚

好可怕！

至連門口的商人，街頭的百姓全都衝進來，大喊：「娶我！娶我！」

孫悟空急忙甩開她們的手，他跳到半空中，低頭一瞧，天哪，人潮團團擠在皇宮廣場上，而且人愈聚愈多。

「怎麼辦，怎麼辦？」

孫悟空急，「照老孫本性，金箍棒一棒打殺就是了，但是她們不是妖……」孫悟空心裡著急，卻不知該如何是好。

「貓，她們喜歡貓，把貓帶走。」拇指妹在他頭上大叫。

把貓帶走？

貓愛吃老鼠，如果變出幾隻老鼠來？

孫悟空急忙跳回地面，扯著豬八戒和沙悟淨，在他們耳邊說了幾句話，念了聲咒語，喊聲變……

吱吱吱，廣場上登時出現兩隻大老鼠。

結實的是沙悟淨，肥美的是豬八戒。

他們鑽進人群裡，逗著婆婆媽媽手裡的貓。

吱吱吱，吱吱吱，兩隻老鼠叫完了，邁開小腿往城外跑去。牠們一定得跑得飛快，要是被城裡的貓抓到……

胖胖的老鼠跑一半，滑了一跤，他閉上眼睛，以為死定了……

風在吹，陽光照，他等了一下下，什麼事也沒發生，他睜開眼睛滿臉驚訝。原來，西梁女國的女人抱著貓，還是只追著唐僧跑。

「老鼠？」一個歐巴桑朝他吐口水，「我們家的人高馬大不吃老鼠，只吃火腿和培根。」

「這隻貓叫做人高馬大？」豬八戒老鼠搖搖頭。

人高馬大貓慵懶的伸了個懶腰，不理他。

孫悟空也搖搖頭：「她們的貓，天天吃好睡好，哪需要去抓老鼠？」

「不抓老鼠？」拇指妹問。

「不吃老鼠。」孫悟空說，「牠們都是公貓呀。」

「公貓愛母貓，」拇指妹大叫，「把我變成小母貓。」

孫悟空一聽有道理，念聲咒語，在拇指妹身上一點。叮咚，拇指妹變成一隻粉紅色的小母貓，風情萬種的叫了一聲——

喵——

她的聲音不大，卻讓皇宮廣場上，那幾千幾萬隻公貓同時抬起頭來。

喵——

拇指妹又叫了第二聲，她竄下孫悟空的頭，繞著廣場走。

這一走，皇宮一片混亂，那些黑貓白貓灰貓黃貓粉紅貓，紛紛從主人手裡跳下來，包括女王那隻英明神武。

喵——拇指妹開始小跑步，後頭那些貓也跟著跑了起來。

牠們經過街道，引來更多的貓，浩浩蕩蕩走到城門口，再朝著城外小山頭跑去。

後頭追著的是他們的主人，婆婆媽媽阿姨大嬸，她們嘴裡喊著：

「虎背熊腰……」

「我的英俊挺拔。」

「回來呀，孔武有力。」

「英明神武、英明神武，你別跑哇。」

女王淒厲的喊著：「來人呀，快把我的英明神武找回來！」

那群貓呢，一隻隻頭也不回的跑向小山頭，追著前面那隻變成母貓的拇指妹。

取經大隊終於有機會，在沒有任何一個女人的攔阻下，悄悄的離開西梁女國。

12 小雷音寺

一座高山，擋在西天路上。

山上白雪皚皚，山腰白雲纏繞，山腳溪水潺潺。

那座山很高傲，驕傲的瞪著取經大隊。意思是，你們爬得過來嗎？

山剛想完，一朵雲升到他頭頂，一隻猴子跳下來，在他頭上踩了一踩，揮手朝著山下大聲喊：

「師父，快上山啦，別怕，這座山不高。」

「不高？你說我不高？」

那座高山聽了氣黑半邊臉，憤而嘩啦啦下起一陣傾盆大雨，像極了

不認輸的淚水。

那猴子是孫悟空，站在他頭頂吹風的是拇指妹。

站得高，看得遠，拇指妹指著另一邊山谷問：「那是什麼？」

山谷裡，祥光普照，無數亭臺樓閣在金光裡，隱隱約約傳來讓人心情平靜的是鐘聲鼓聲。

孫悟空說：「遠看像是雷音寺，細看含凶氣，大家千萬別進去。」

唐三藏騎著白馬也爬上山了：「悟空，我發過誓，往西天取經，遇廟拜廟，見佛拜佛，就算不是雷音寺，也要去拜一拜。」

唐三藏讓白馬繼續走，白馬速度快，孫悟空想擋也擋不住。

他們很快就抵達寺廟的山門口，山門上題著「雷音寺」。

唐三藏急忙下馬：「悟空，你還說不是雷音寺？」

孫悟空看了看：「師父別急，山門上有四個字，你怎麼只念三個？」

拇指妹仔細看看，真的是四個字。在雷字的上方還多加了一個「小」字，成了小雷音寺。

這時，寺裡還傳來一陣莊嚴的聲音：

「唐僧，你從東土來拜佛祖，怎敢如此怠慢，對我不敬？」

「不敢不敢，弟子不敢。」唐三藏邊說邊拉著豬八戒和沙悟淨跪下磕頭。

抬頭一看，大殿上，五百羅漢、三千揭諦站兩邊，四金剛、八菩薩……唐三藏和豬八戒、沙悟淨恭敬的一步一拜，只有孫悟空跟在後頭走，耍著手中的金箍棒。

拇指妹問他：「孫悟空，你怎麼不拜？」

蓮臺寶座上，如來佛也問他同一句話：「孫悟空，你見了我，怎麼不拜？」

孫悟空用火眼金睛照一照：「大膽妖孽，裝神弄鬼！」

「你想看鬼，那也沒問題。」

一陣清風吹，祥光消失，滿空鬼影，四周鬼哭狼號，如來佛變成了十殿閻羅王，牛頭、馬面和黑白無常羅列在側。

閻羅王大喝：「大膽孫悟空，見了鬼王也不拜嗎？」

孫悟空拿起鐵棒：「鬼門關？老孫大鬧天宮之前就闖過一次了，你想搗鬼，也換點新花樣。」

他邊說邊掄起鐵棒往納假閻王打過去，豈料半空中叮噹一聲，落下來一副金鈸，一上一下，剛剛好把孫悟空整個罩住。

金鈸裡頭黑漆漆，什麼也看不到。孫悟空熱得滿身汗，左衝右撞出不去。他開口念聲訣，身體長成千百丈高，沒想到，金鈸也隨著他長高，看不到一點兒縫隙。

他朝著鐵棒吹口仙氣，叫聲變。把鐵棒變成鑽頭，用力鑽呀鑽呀，鑽頭噹噹響，卻鑽不出金鈸一個小洞。

他又喊聲小，變成白菜種子那麼小。誰知道，金鈸也瞬間變小，四周黑漆漆，還是出不去。

孫悟空正愁得沒辦法，不知道是誰喊了聲唉呀，從他身邊掉下去，噹的一聲，竟把金鈸撞破一個洞。

「這是……」孫悟空不由自主也往下掉。

等他鑽出金鈸，他身體在空中變回原本大小，這才看清楚，鑽破金鈸的是拇指妹。

「我雖然不會變小，土地公說過，人參果遇金則落，再硬的金屬，我也是一鑽就過。」拇指妹說。

「謝謝啦，拇指妹。」

孫悟空拿起鐵棒，哐啷一聲，把金鈸砸成千百片碎塊。

只見四周閃了閃，祥光普照，這裡又變成南海落伽山，山頂坐著觀

世音菩薩。

「悟空，你怎麼還不跪下來？」

孫悟空仔細瞧瞧，觀音菩薩長了一對黃眉毛，身旁的小龍女拖了根尾巴，善財童子的嘴巴沒變好，兩根尖牙往外冒。

「你這愛扮神的妖怪，別跑。」孫悟空金箍棒來得快，嚇得觀音菩薩跳到一旁，現出原形。

那是個蓬頭垢首，兩道黃眉的老妖。

「孫悟空，這裡是小西天，我修成正果，人人尊稱我是黃眉老佛，你快跪下來，叫我三聲佛祖菩薩，我便饒了你的性命。」

「叫三聲？」

「如果你叫五聲，我連你師父、師弟都放了。」

「聽起來是筆好買賣，可惜老孫不向人跪，看棒！」

他的鐵棒又沉又重，舞動起來又疾又快，黃眉老佛招架不住，急忙從腰裡拿出一個大布袋，念了念咒，布袋往天空一拋，嘩啦啦的一串聲響，布袋鋪天蓋地張開來，竟然將唐三藏師徒全都裝了起來。

黃眉老佛把布袋提回去，將孫悟空從布袋裡抓出來，用最結實的繩子綁得緊緊的。

他這才拍拍手：「孫猴子，現在看你往哪裡逃？」

13 黃眉老佛

沒有一條繩子綑得住孫悟空，他趁半夜，解開大家的繩子。

沒有一道門關得住孫悟空，他輕輕一拍，啪啪啪啪啪啪，拍開七道門。

孫悟空悄悄說：「師父別哭，八戒別睡，悟淨牽馬，你們先走，我找行李去。」

唐三藏擦擦眼淚：「行李一定要找回來，裡頭有通關文牒、錦襴袈裟、紫金缽盂，都是佛門至寶，如果沒找到……」他哭得更傷心了。

孫悟空揮揮手：「沒問題，師父先走。」

他跳上圍牆，尾巴上掛著拇指妹，上了高樓，四周門窗緊緊鎖著。

孫悟空拍拍窗，窗開了，黑漆漆的屋子，行李在角落裡放光明。

「為什麼這麼亮？」拇指妹問。

孫悟空解開行李一角，錦繡袈裟上鑲滿了如意珠、摩尼珠、夜明珠……每顆珍寶都在閃現光彩。

「好漂亮。」拇指妹說。

「所以一定得回來拿。」孫悟空提起行李，唉呀，沒綁好，另一頭掉到樓板上，哐啷好大一聲響。

拇指妹急忙遮住自己耳朵，孫悟空拉拉她：「掩耳盜鈴沒有用，快跑。」

他們走得急，怕吵醒了妖怪。

妖怪呢？

樓上樓下的妖怪點起燈籠，打起火把，紛紛亂亂喊著：

「唐三藏跑了。」

「他的徒弟也跑了。」

黃眉老佛吩咐眾人：「別急別急，沒打扮好怎麼出門呀。」

他念念咒，把自己變成藥師如來佛；拍拍手，一個小妖滾在地上變成青毛獅。

「老妖出發，神佛快閃。」眾小妖齊聲喊著。

黃眉老佛咦了一聲，小妖們急忙改口：「啊，是神佛出巡，眾妖閃避。」

他滿意的點點頭：「你們也要變妝啊，又不是第一天當妖怪。」

「我們啊……」

一個小妖嘟著嘴：「每次都要變妝，真是麻……」

一條黃眉捲起他，扔進大口裡，老佛嚼了嚼：「嗯，味道不錯，誰還有意見？」

於是，所有小妖都在變身：有的念咒語，有的翻觔斗，有的捏大腿，有的渾身發抖。他們的法力有的高有的低，法力高的成了金漆羅漢，法力低的尾巴變不掉，頭上尖角去不了。

黃眉老佛倒是滿意了，拂塵往前一指：「出發！」

羅漢大軍浩浩盪盪走出山谷，烏雲繚繞，陰風慘叫，偶爾有個羅漢的尾巴垂了下來，黃眉老佛一拳搥下去，小妖唉呀唉呀叫，有點破壞這祥和的畫面。

畫面雖然不好看，但是妖怪跑得快，很快就追來了。

追來了，追來了。

拇指妹聽到妖樂飄飄，看見滿天綠光，她大喊：「孫悟空，妖怪追來了。」

「兄弟們，別怕他，咱們就打這些假扮佛祖的傢伙。」

豬八戒高舉釘鈀，沙悟淨使出寶杖，由孫悟空帶頭，一棒砸向藥師如來。

如來微微一笑，拿出布袋，孫悟空一看，叫聲：「不好，快走。」

拇指妹抱著他的尾巴回頭一瞧：布袋遮蔽了陽光，它升空擴大，風有多強，布袋就展得有多大，罩住青山，籠住藍天，也把唐三藏一行人兜了起來。

「你不救師父？」拇指妹問。

「布袋厲害，老孫去南天門討救兵。」他一路翻著觔斗，跳上九霄靈空，闖進南天門。

南天門前，四大天王扯住他：「大聖，大聖，又遇到什麼妖怪？」

「嘿嘿嘿，你們都知道了？」

增長天王說：「玉帝有交代，只要大聖上來，絕對是打敗仗了。」

廣目天王也說：「放心，玉帝也說要給你VIP快速通過南天門的禮遇。」

「玉帝對他這麼好呀？」拇指妹忍不住問。

四大天王同時說：「他怕齊天大聖取不成經，又回來鬧天宮嘛。」

孫悟空焦急得沒空跟他們聊天：「老孫得去討救兵，回頭找你們喝

茶。」

玉帝的大殿，眾家神佛沒人敢攔他，紛紛讓出一條路。

「大聖回來啦！」

「大聖又被打敗啦！」

孫悟空點點頭，那樣子倒像是打了勝仗般。

「玉帝，你說現在應該怎麼辦？」

玉帝大手一揮：「小小妖怪，也敢假冒神佛，二十八星宿立即下凡，助齊天大聖一臂之力。」

14 彌勒佛種西瓜

二十八星宿出了南天門，跟著孫悟空回到山谷上空。

「妖怪，出來投降！」二十八星宿裡的亢金龍喊著。

山門裡，有人喊聲：「來也！」

黃眉老佛打扮成藥師如來佛，騎著青毛獅出來了：「孫悟空，你這回到哪裡討救兵？」

孫悟空還沒答話，二十八星宿早已磨刀霍霍：「大膽妖精，敢扮佛祖，兄弟們，上呀！」

他們分別從二十八個方位，殺向黃眉老佛。

黃眉老佛絲毫不懼，拂塵變回狼牙棒，以一敵二十八，雙方打了大半時辰，還是分不出高下，孫悟空正想加入戰局，老佛一聲冷笑，拿出布袋。

「布袋！」孫悟空急忙喊一聲：「快走，你們這些小星星。」

二十八星宿不知道發生什麼事，只見空中一個大布袋罩下來，想閃閃不掉，想躲躲不開，這下全都被裝起來，讓黃眉老佛帶回小雷音寺去綁起來。

孫悟空逃到空中，看著老佛愈走愈遠，不禁掉下眼淚：

「師父，您怎麼取個經，處處遇妖精，怎麼辦哪？」

拇指妹安慰他：「再去找救兵嘛，總有人能救你師父。」

西南方降下一朵祥雲，有人在雲裡大笑：「小娃娃說的沒錯，悟

一個都別想逃！

空，你應該來找我。」

孫悟空一看，天上那人方頭大耳大肚子。於是，他擦擦淚水：

「彌勒佛爺，你來啦。」

「我來幫你收妖，黃眉老佛是我宮裡敲鈸的童子，前幾天他趁我出去，偷了金鈸，拿了布袋跑到凡間。」

拇指妹看他笑容滿面，覺得很親切，說話也沒大沒小起來：

「哦——佛祖，原來都是你讓童子下凡做怪，害得孫悟空在這邊掉眼淚。」

彌勒佛大笑：「不好意思，該怪我教徒不嚴，不過，那也是唐僧的魔障未完，應該受這一難。」

拇指妹問：「黃眉老佛神通廣大，你怎麼抓他？」

彌勒佛看看四周：「那老佛愛變裝，咱們也來變一變，我扮瓜農，在山坡種西瓜。」

「那我們呢？」拇指妹問。

彌勒佛笑：「悟空把黃眉引來，變成一顆大西瓜，他看了西瓜一定要吃，那時……」

孫悟空破涕為笑：「老孫進他肚子玩耍？」

「那我呢？我做什麼？」拇指妹最好奇了，她蹭著彌勒佛撒嬌，「你也得給我一點兒工作。」

彌勒佛在她頭上輕輕一點：「你變西瓜花，好好看戲吧。」

那一點，力道並不大，拇指妹卻覺得自己渾身清涼，不由自主的在地上滾呀滾，滾上了坡，四肢長出瓜籐來，從頭開始變成一朵花，開在

最高的地方。

風很涼，這朵花隨風長出眼睛，它們一眨也不眨，盯著孫悟空在小雷音寺外頭罵，寺裡跑出……哪吒？

穿著肚兜的哪吒眉毛太黃，身材太胖，沒有這麼老的哪吒……啊，是黃眉老佛。他邊抖邊叫，叫什麼，隔得太遠的聽不到，只見他追著孫悟空又打又罵，跑上山坡，孫悟空打個滾，鑽進瓜田裡，也變成一顆又熟又甜的大西瓜。

假哪吒喘喘氣，四周看一看，看不到孫悟空。他擦擦汗，看見這片瓜田了。

「瓜，瓜，瓜，我是哪吒，快給我一顆大西瓜。」假哪吒對農夫說。

彌勒佛農夫笑嘻嘻：「是是是，參見哪吒，我送您西瓜。」

「好好好，你是個好農夫，我會好好賞你。」

假哪吒接過假西瓜，張口便啃，孫悟空趁他張開大嘴，咕的滾進他的嘴裡。

有那麼一瞬間，假哪吒愣了一下下。他大概在想，天底下哪有這麼順口的西瓜？

沒錯，沒有這麼順口的西瓜，他兩條眉毛抖了抖，扭了扭，整張臉變成了苦瓜。

一定是孫悟空在他肚子裡做體操，假哪吒疼得淚眼汪汪，在瓜田裡翻來滾去，大叫：「誰……誰救我呀。」

老農夫笑一笑，抹抹臉，變回彌勒佛的本相。

「黃眉，認得我嗎？」

「主……主人……饒了我吧，我……我……」

瓜田裡，黃花隨風搖曳。那朵黃花眨眨眼，覺得這場戲真精采，能夠同時看到這麼多種變身把戲。

啊，西天近了，前面還有妖怪嗎？

15 八百里火焰山

明明是冬天，這裡卻熱得像火爐。黑黑的山頭，黃色的地面，山上沒樹，路旁沒草，對了，天空也沒有半朵雲。

全身燥熱，腳底板發燙，拇指妹躲在孫悟空領子後面嘟著嘴抱怨：「熱得受不了啦。」

孫悟空安慰他：「前面就涼快了。」

拇指妹說：「你騙人，早上就說前面會涼快，走到現在快中午了，卻愈走愈熱？」

「真的，前面……」孫悟空停下腳步，「有一戶人家。」

紅瓦紅牆紅色大門，大門口站個紅臉紅眉毛的老人家。

唐三藏問：「都冬天了，為什麼還這麼熱？」

老人說話時，眉毛像火焰抖動：「這裡是八百里火焰山，無春無秋，無夏無冬，四季皆熱。」

拇指妹問：「如果我們想去西天的話呢？」

「這裡離主峰一百里，寸草不生，鴉雀難飛，到了主峰，即使是銅腦蓋、鐵身軀，也要化成汁呢。」

唐三藏聽了眉頭皺：「四季炎熱，你們如何維生？」

「想種作物，得求鐵扇公主。」

拇指妹好奇：「鐵扇公主？」

老人說：「她是牛魔王的太太。」

孫悟空大笑：「牛魔王是老孫五百年前的結拜兄弟，我該叫她一聲嫂嫂。」

「只要請鐵扇公主拿芭蕉扇搧搧，一搧火熄，二搧生風，三搧下雨，那時全村總動員，播種、耕耘、收割，就能五穀豐收。」

唐三藏問：「老先生，如何能請她搧搧，讓我們過山？」

「要求鐵扇公主，得準備四頭豬四頭羊，還要雞鵝美酒去仙山。」

「仙山？」

「仙山在翠雲山芭蕉洞，離這裡一千四百六十里，來回要走一個月。」

孫悟空笑著說：「不遠不遠，我去找牛嫂，去去就來。」

「孩子呀，這一千里路上沒人家，準備乾糧，至少兩個人……」老人家的話還沒說完，孫悟空尾巴馱著拇指妹，跳上觔斗雲走了。

老人嚇得大叫：「原來是個騰雲駕霧的神仙哪。」

孫悟空沒回頭看，不然會看到，老人跪在地上拜，把他當成活神仙，敬奉唐三藏更加用心呢。

找鐵扇公主，應該有戲看，拇指妹很開心。

到了翠雲山，孫悟空拍拍芭蕉洞的門：「牛大哥，在不在？」

「誰？誰找我家牛郎？」開門的是個凶巴巴的歐巴桑，鼻孔朝天，眼睛瞪圓。

「我是孫悟空，是牛大哥結拜兄弟，想向嫂子借芭蕉扇搧熄火焰山，好去西天取經。」

「孫悟空？」

「正是老孫。」

公主一聽是孫悟空，二話不說，寶刀揮來：「你與牛郎是兄弟，為何害了我的紅孩兒。」

孫悟空架住寶刀：「嫂嫂，妳誤會了，我把令郎介紹給觀音菩薩後，他現在修成正果，與天地同壽，你應該謝我才對呀。」

鐵扇公主說：「謝你？你害我們母子分離，想見一面比登天還難。」

「你先借我扇子，我幫妳找觀音……」

「哼，你讓我砍幾刀，我就把扇子借給你。」

拇指妹拉拉孫悟空：「你別答應，太危險了。」

孫悟空笑說：「嫂嫂愛砍幾刀就幾刀，請吧！」

鐵扇公主乒乒乓乓連砍了幾十下，寶刀在孫悟空頭上鏗鏘鏗鏘砍出火花，砍到公主手痠了。拇指妹摸摸孫悟空的頭，頭好好的。

「你是人還是妖，太可怕了。」

鐵扇公主嚇得想走，但孫悟空拉著她：「嫂嫂快拿扇子來呀。」

「不借。」

孫悟空生氣了：「不借？」

「不借不借不借就不借。」

「你說話不算話。」拇指頭也罵。

「不借就吃老孫一棒。」

鐵扇公主力氣小，被鐵棒逼退到洞口，她急忙從口裡吐出一把小扇子，晃一晃，扇子變成三尺高，朝他們搧出一股陰風。

好大的風，芭蕉洞四周樹全彎了腰，孫悟空大叫一聲，站不住，竟然被吹到了半空中。

拇指妹使出全身力氣，緊緊抱著孫悟空。陰風狂吼，像有幾千幾百隻手在拉著他，扯著他。他們在風裡滾了一整夜，直到天亮，孫悟空抱住一塊大石頭，這才停了下來。

「大聖呀，你來啦。」石頭上面，有個慈祥的老公公。

孫悟空認得他，是小須彌山的靈吉菩薩。

「芭蕉扇把我搧到小須彌山？」孫悟空問。

靈吉菩薩睜大了眼睛，說：「芭蕉扇？哇，那是天地自然生成的寶貝啊，能被他搧一下，那是三生有幸，咦，這位毛毛小朋友也跟你

來？」

「毛毛小朋友？」拇指妹想爬到孫悟空頭上，他伸出手，卻發現自己經變成一團毛絨絨的球，有無數雙手，每一雙手都像線，每一條線也都像手。

「我……我……」她記得土地公說過，人參果風吹過後無人知，果然，誰會知道他被風吹成一顆毛毛球？

孫悟空問：「菩薩，該怎麼對付那把扇子？」

靈吉菩薩掏出一顆定風丹：「打鐵扇公主，我沒興趣，你把定風丹吃了，她就搧不動你了。」

「那太好了。」孫悟空吃了定風丹，帶著拇指妹回翠雲山。

孫悟空有禮貌，他拍拍洞門，說：「開門，老孫來借扇子了。」

那是石頭做的門，孫悟空擂了半天，門裡靜悄悄。

孫悟空說：「一定是嫂嫂怕我，不敢開門，拇指妹，你身體軟，鑽進去看看。」

拇指妹進洞一看，芭蕉洞裡有個梳妝臺，鐵扇公主正在織衣裳。

她邊織邊說：「兒子啊，你在南海好不好？娘好想你呀，你爹又不回來，只讓我被那個猴子欺負……」

她還沒說完，門口丫頭跑來通報：「公主，公主，那隻猴子又回來借扇子了。」

鐵扇公主小心的放下手中的衣服，仔細交代：「不開不開不能開，我看他怎麼進來？」

拇指妹輕手輕腳退出去對孫悟空說：「鐵扇公主不開門呢。」

孫悟空笑笑：「她不開門，老孫自己進去。」

於是，他變成一隻小小蟲，鑽進洞裡。

芭蕉洞裡，鐵扇公主正要喝茶。剛沏好的茶，有很多茶泡泡，小小蟲飛進泡泡，順著茶水，滾進鐵扇公主的肚子裡說：

「嫂嫂，借我扇子吧。」

鐵扇公主放下茶杯，問了丫頭：「門關好了嗎？」

「關好了呀。」

「那怎麼有孫悟空的聲音，難道我聽錯了？」

拇指妹忍不住說：「他在你肚子裡喊。」

平常鐵扇公主很細心，今天沒空想是誰在說話，她也問：「孫悟空，你在哪裡裝神弄鬼？」

孫悟空正經的說：「老孫使的都是真本事，不然，老孫就在你肚裡玩一玩吧。」

他把公主的肚子當成運動場，在裡頭又滾又翻，鐵扇公主痛得在地上又滾又叫。

叫聲淒厲，拇指妹見了不忍心：「孫悟空，你饒了她吧。」

鐵扇公主也說：「孫叔叔，我把扇子借你，你快出來呀。」

「你真給我芭蕉扇？」

「真的，丫頭們，快把芭蕉扇拿出來呀。」

丫頭們抬來芭蕉扇，鐵扇公主催：「叔叔，你出來呀。」

拇指妹也幫忙叫：「孫悟空，出來啦！」

四周安安靜靜，一隻小蟲子從公主嘴巴裡飛出來，地上滾一滾，變

回孫悟空。

他拿起扇子，喊一聲：「老孫走了。」

「等我呀。」拇指妹跳到他身上，高高興興跟他回去紅瓦房。

芭蕉扇搧熄大火的場面，不能不看。

火焰山口，空氣沸騰著。

豬八戒伸出舌頭吐著氣，沙悟淨低著頭。

拇指妹全身都快融化了，只希望趕快走過去。

唐三藏啊，他哭得好傷心：「嗚……熱死了。」

孫悟空只好搖搖頭，說：「不如你們在這裡等吧，等我去搧了風，搧涼了好過山。」

他拿著扇子，跳到前頭，用力一搧，山上火光烘烘騰起；他再搧一次，火勢盛大百倍；他不信邪，再搧一扇，天哪，大火升起千丈高，捲起來燒向他。

孫悟空連忙喊著：「火來了，火來了。」

火真的來了，撲天蓋地，朝他們呼啦啦的燒過來了。

唐三藏連淚水都來不及擦，爬上馬，不必別人催，大家都在逃命，直跑了二十餘里才沒有火花。

「你被騙了。」拇指妹對孫悟空說。

唐三藏一看，愁上心頭，又哭了：「怎麼辦呀，怎麼辦呀？」

豬八戒大叫一聲：「有了。」

所有人都問他：「你有方法？」

豬八戒很得意：「大火擋路，不如找條沒火的路去取經吧，哈哈哈，我真是太有才了。」

拇指妹拉拉他耳朵問：「哪條路沒火呢？」

豬八戒看看四周：「東方、南方和北方都沒火。」

唐三藏問他：「哪個方位有佛經？」

豬八戒說：「西邊有經。」

孫悟空嘆口氣：「有經的地方有火，沒火的地方沒經，這……」

大家都想不到辦法，孫悟空氣得用金箍棒捶捶地，捶得土地公趕緊從地裡跳出來。

土地公抓著鬍子說：「大聖，別生氣，我家都快被你捶垮了，我告訴你過山的方法吧。」

聽到有方法，大家又有精神了：「什麼方法？」

「找鐵扇公主借芭蕉扇。」

孫悟空苦笑著拿起扇子：「剛借回來，火卻愈搧愈大。」

土地看了看：「這是假的嘛，你想借真扇子，得找牛魔王。」

拇指妹問：「為什麼找牛魔王？難道這山是他放的火？」

「不不不，這山上的火是孫大聖放的。」

「你？」所有人瞪著孫悟空，「是你闖的禍？」

「我？」連孫悟空自己也張大了嘴，「不可能，我沒來過這裡。」

土地公說：「五百年前，大聖您大鬧天宮，踢翻了八卦爐，餘火掉到凡間，把這裡變成火焰山……」

孫悟空半信半疑：「就算是我闖的禍，為什麼要找牛魔王？」

「牛魔王自從愛上玉面狐狸，就不回來找鐵扇公主，如果大聖能請牛魔王出馬，想借扇子一定沒問題。」

「難怪鐵扇公主凶巴巴，原來老公不愛她。好，老孫去了。」

「等等我。」拇指妹也想去看看玉面狐狸有多漂亮。

16 三借芭蕉扇

玉面狐狸住在積雲山，如花似玉，含羞答答。

她聽說孫悟空要找牛魔王，擋在門口，問：「牛郎在休息了，你是哪裡來的大哥？」

孫悟空說：「我是孫悟空，奉了鐵扇公主……」

他才講鐵扇公主四個字，玉面狐狸立刻翻臉。櫻桃小嘴變成血盆大口，粉嫩小臉蛋當場變成大餅臉，臉上布滿坑坑洞洞。

玉面狐狸抓狂問：「她要做什麼？她想做什麼？牛郎愛我不愛她，她想做什麼？」

她的聲音太大了，拇指妹被震到天花板又掉下來，也把洞裡的牛魔王吵出來。

牛魔王一臉怒意問：「誰在這裡欺負我愛妾？」

玉面狐狸恐怖的臉，瞬間又變回美人。

她含淚嬌哭：「牛郎，是他，是他欺負我。」

「大哥，我是你五百年前的結拜兄弟孫悟空。」

牛魔王一聽，反駁怒斥：「結拜兄弟也不能欺負我愛妾，更何況你還拐了我兒子送給觀音菩薩。」

「大哥，令郎跟了菩薩變神仙啦，你快回去請嫂嫂借我芭蕉扇，我搧了火焰山的火取經去。」

「不借。」

「借！」孫悟空大吼。

「牛郎，別跟他囉嗦，殺了就是。」玉面狐狸把刀塞給牛魔王。

「愛妾說的是。」

牛魔王接過鋼刀，殺向孫悟空，孫悟空也不甘示弱，金箍棒在手，舞成光圈。

他們兩人，都有一身好武藝，打得天昏地暗，日月無光，從中午打到黃昏。

他們正要點燈夜戰，一個白衣童子在湖邊喊著：「牛爺爺，我家大王今天請壽酒，你來不來？」

牛魔王用刀架住金箍棒，說：「請客喝酒，當然去。猴子，我去吃了酒再來打。」

「不行，當妖怪也要有原則，還沒打完……」

孫悟空還在說，牛魔王已經騎著避水金睛獸，跟著童子進了湖。

那童子搖搖身子游起泳來，原來是條成精的大鯉魚。

「走走走，我們去看老牛鬧什麼玄虛。」孫悟空說。

「原來你也愛看熱鬧。」拇指妹笑。

孫悟空念聲避水訣，湖邊開出一條路。孫悟空跟著牛魔王進了湖裡，原來湖裡有座水晶宮。

龍王爺等著牛魔王，他們見了面，你一杯我一杯，喝得好開心。

喝酒沒什麼好看的。

他們從黃昏喝到月亮出來。

月光照得水晶宮整個通亮。

孫悟空打個哈欠。

拇指妹也打了個哈欠。

孫悟空提議：「我去偷避水金睛獸，變作牛魔王，再找鐵扇公主借扇子，怎麼樣？」

「好好好，這有趣。」拇指妹拍拍手，孫悟空解開避水金睛獸的韁繩，騎著牠，搖身變作牛魔王，跳上雲端，回到芭蕉洞。

「本大王回來啦！」孫悟空得意的喊著。

門裡的丫頭認不出真假，把他迎進門裡。

門裡的鐵扇公主也分不出真假，把牛魔王請上桌說：「牛郎，人家好想你，我先敬你一杯酒。」

孫悟空假意問：「最近家裡沒事吧？」

鐵扇公主說：「沒事沒事，就是你當年的兄弟孫悟空可恨，溜進我肚子裡，騙了我的芭蕉扇。」

「妳被他騙了？」

鐵扇公主笑盈盈，從嘴裡取出一把小扇子，一臉驕傲的問：「有沒有比你的小狐狸精聰明呀？」

孫悟空不相信：「別吃醋了，這麼小一把，怎麼搧得了火？」

鐵扇公主說：「牛郎，你兩年沒回來，怎麼把家裡的事都忘光了，你只要捻著第七縷紅絲，念句西西哈哈西西哈，扇子就會變長變大，別說八百里火焰山，就是八萬里的火山也搧熄啦。」

孫悟空接過扇子，哈哈大笑，用手在臉上一抹：「醜婆娘，妳看看我是誰？」

鐵扇公主嚇得快昏倒了：「孫悟空，放下我的扇子。」

孫悟空不理她，扇子一拿，跑了。

他跳到高山上，拇指妹問：「會不會又是一把假扇子？」

「對呀，先試試看再說。」

孫悟空取出扇子，捻著第七縷紅絲繩，喊了一聲西西哈哈西西哈。

哇，扇子變成一丈二尺長，四周還有絲絲冷氣繞。

拇指頭拍拍手，說：「是真的，是真的。只是這麼大，不好拿。」

「沒關係，下回再問她怎麼縮小。」

孫悟空扛起扇子，拇指妹坐在扇子上，晃呀晃呀，像在海裡游。

他們還沒走回火焰山，豬八戒先跑來了：「師兄，等等我。」

「你怎麼來了？」

「師父怕你打不過牛魔王，讓我來幫忙。」

「打不過？」孫悟空笑：「扇子都拿到手了。」

「師兄呀，你怎麼拿到扇子的？」

「我變作牛魔王，騙了鐵扇公主。」

「真是神奇的扇子，師兄，讓我拿一下，你休息。」

「好好好，讓你沾沾喜氣。」

豬八戒拿了扇子，呵呵一聲冷笑：「孫猴子，你認得我嗎？」

粗粗啞啞的聲音，不像豬八戒，像是……

拇指妹大叫：「牛魔王？」

豬八戒抹抹臉，果然變回牛魔王：「哼！你天天騙人，沒想到自己也會被騙了吧？」

孫悟空生氣：「扇子還我。」

牛魔王笑一笑，拿起扇子一搧。

孫悟空兩手扠腰：「你搧呀。」

「我……」牛魔王連搧好幾下，孫悟空卻動也不動。

「你吃了定風丹？」

「當然。」

孫悟空動手搶扇子，牛魔王念個咒，把扇子丟進口中，取出混鐵棍大戰孫悟空。

他們在空中翻翻滾滾，驚動了山下的豬八戒和沙悟淨，他們也拿著兵器兩人加入戰局。

一個打三個，牛魔王哞了一聲，抖了一下，竟然不見了。

豬八戒東張西望，找不到他。

孫悟空微笑的指指天空：「老牛飛上天了。」

天空，只有一隻胖胖的天鵝。

「那是老牛？」

「沒錯，我去跟他賭變化。」

賭變化最好看了，拇指妹趴在豬八戒的耳朵上，看著孫悟空收了金箍棒，變成一隻老鷹，朝天鵝撲去。

天鵝抖抖翅膀，化做白鶴，長叫一聲，飛向南邊。

孫悟空歡暢的追上去，變成鳳凰。白鶴哪敢跟鳳凰鬥，牛魔王在地上滾滾，滾成一隻金錢豹，孫悟空化身成了大老虎。老虎一吼，吼得金錢豹抖抖身子，這一抖，不得了，牛魔王變回原形，是一頭巨大的牛。

這頭巨牛，從頭到尾有千丈長，八百丈高，他的角像兩座鐵塔，牙齒就像兩排大刀

牛魔王大喝：「孫悟空，你奈我如何？」

「變高嗎？老孫也會。」

孫悟空叫聲「長」，身體長得萬丈高，頭像泰山，眼像月亮，手執金箍棒，朝著牛頭就打。

他們打得地動山搖，打得滿天神佛都來幫忙。

牛魔王不害怕，他東撞撞，西撞撞，撞得神佛搖搖晃晃，玉帝急忙再派托塔天王和哪吒。

拇指妹看著這群幫手，忍不住搖搖頭，哪吒不到三尺高，只是個小娃娃，他有什麼法力呢？

悟空必勝！

沒想到，哪吒喝一聲「變」，變成三頭六臂，跳到牛魔王的背上，拿出斬妖劍，斬下牛頭來。

牛魔王法力強，又從肚子裡長出一顆頭，嘴裡吐黑霧，眼睛放金光。哪吒不怕他，寶劍揮去又砍了一顆頭下來。

牛魔王真厲害，瞬間又長出一顆頭。哪吒砍幾劍，牛魔王就長出幾顆頭。

「太厲害了。」拇指妹比個讚，覺得跟孫悟空取經以來，這一回的打鬥最精采。

哪吒不信邪，他把風火輪掛在牛角上，吹出一股真火，火焰烘烘騰起，把牛魔王燒得哞哞亂叫，想逃，卻被托塔天王的照妖鏡照著，根本逃不掉。

「別殺我！我願投降。」牛魔王大叫。

終於，打敗牛魔王，拿到芭蕉扇，取經大隊又能出發了。

他們來到火焰山，孫悟空用力一搧，大火熄滅了。

再一搧，徐徐清風，吹走燥熱的空氣。

孫悟空搧完第三扇，漫天的烏雲捲來，下雨了。

雨勢滴滴答答，轉眼變成嘩啦嘩啦。

「下雨了，下雨了。」紅臉紅眉毛的老公公手舞足蹈。

「好棒好棒的雨。」拇指妹也在雨裡翻觔斗。

「該走了吧？」孫悟空問。

唐三藏點點頭，豬八戒和沙悟淨跟在後頭。

「孫悟空，把扇子還給我吧。」是鐵扇公主，她從雨幕裡走出來。

豬八戒不答應：「好不容易拿到手，怎麼能給你？」

「火焰山的天火，還會不斷復發，除非每天搧三下，連搧七七四十九天，才能讓這裡恢復五百年前的景象。」

孫悟空說：「老孫自己搧。這麼好的寶貝，老孫帶去西天見如來。」

唐三藏不答應：「西天路還遠，趕路要緊。」

「那……那……」

「我，我留下來看她有沒有搧扇子。」拇指妹舉手大叫。

「你……」所有的人都望著她。

孫悟空揉揉眼睛，怎麼感覺拇指妹變了？

她好像變高了，她的每一根手指頭都在往上延伸，她的腳牢牢的站

在地上，她的鼻子還發了芽，長出兩片芭蕉般的葉子。

「遇水則發，這裡好像是我的家。」

「為什麼？」

「別忘了，我是一顆人參果，本來就該找個地方發芽的。你們去取經吧，這片光禿禿的大地需要我，等你們取經回來，再來找我吧。」

孫悟空點點頭，慎重的把扇子交給鐵扇公主，唐三藏拉拉白馬，往西方走。

烏雲聚在火焰山上頭，大雨下在火焰山四周。

最神奇的是，這長達八百里火焰山，每隔一里地就長出一棵樹，樹的葉子像芭蕉，樹上結的果子像娃娃，只是娃娃不太大，每一顆都只有拇指頭大。

這些神奇的樹長得快，三天就長了千尺高。

它們長得高，看得遠，看得見白雲亂跑，看得見清風亂飄，當然，他們也看見……

唐僧騎白馬進了西天雷音寺，啊，他終於修成正果，成了佛。

好吃的豬八戒，被人供奉在供桌上，享受供品，變成淨壇使者。

沙悟淨任勞任怨，他是金身羅漢。

那匹馱著唐僧到西天的白馬呢？哦，他跳進雷音寺前的白池，成了八部天龍。

至於那隻猴子呢？聽說他也成了佛，只是這尊佛愛玩耍，時常回到八百棵人參果樹這裡來，看看那些樹上的拇指頭。

「好了好了，你們注意，我要說故事了。」那是孫悟空，他想說的故事很長，「那一年，我大鬧天宮……」

所有的拇指頭都在風裡搖頭他們不想聽這個：「我們要聽拇指頭的故事，從你遇見他開始講。」

「那故事並不長呀。」

「可是我們愛聽呀。」

孫悟空愁眉苦臉的說：「我都說了一千零一遍了。」

「不管，不管，我們就是要聽嘛！」

小小的拇指頭們在風裡搖頭晃腦的樣子，就像他們的媽媽拇指妹，那個愛看熱鬧的人參果一樣。

讀書會

奇想西遊記《神奇寶貝大進擊》故事裡的神仙妖怪都出動了，他們帶著自己的神奇寶貝大顯神通，到底這些寶貝有多神奇呢？

翻開【西遊妖怪小學堂】，一起討論吧！

書名祕密大解析

題目設計：
宜蘭縣岳明國小**蔡孟耘**老師

書名藏著故事的祕密，讓我們一起來解密：

1

書裡的妖怪擁有那些神奇寶貝呢？這些神奇寶貝有什麼厲害之處呢？請你先連連看，再在↓下寫出厲害之處。

◆紅孩兒● ●三昧真火↓

◆鐵扇公主● ●布袋↓

◆黃眉老佛● ●芭蕉扇↓

2

書裡的神佛又有哪些神奇寶貝呢？這些神奇寶貝有什麼厲害之處呢？請你先連連看，再在↓下寫出厲害之處。

◆東華帝君● ●起死還生丹↓

◆觀音菩薩● ●定風丹↓

◆靈吉菩薩● ●九轉還陽丹↓

◆哪吒● ●楊柳枝淨水瓶↓

◆太上老君● ●風火輪↓

◆井龍王● ●定顏珠↓

找線索來推測

書裡的內容若出現不太明白的字或詞，可以從文中找線索來推測哦！

請一起來找尋線索推測答案吧：

1

「罡」這個字讀什麼音呢？

◆ 線　索：查字典前請先猜一下的部首

猜「正」部→　□查不到　□查到了

猜「罒」部→　□查不到　□查到了

「罡」這個字讀「　　」

2

「大殿上，五百羅漢、三千揭諦站兩邊，四金剛、八菩薩……」句中的「揭諦」是什麼呢？

◆ 線　索：羅漢、金剛、菩薩站兩邊，如來佛坐在蓮臺寶座上→

推測：

3

黃眉老佛為什麼無法用繩子捆住孫悟空？也無法用門關住孫悟空？

◆前面的章節提到孫悟空的法術高強，所以↓

4

「拇指頭」是這本書裡的重要角色，你覺得他的個性如何？
請從書裡找線索來支持你的看法。

◆我覺得拇指頭是個（　　　　）的人

◆線索：

如果我是孫悟空！

1

書裡的孫悟空法力高強，以下是他使用過的招數：

◆移山縮地大法↓一瞬間過了十幾里路

◆變身大法↓變大變小、變動物、變昆蟲、變三頭六臂

◆化成金光↓消失

◆火眼金睛↓看出妖怪原形

◆金剛不壞之身↓刀槍不入

◆金箍棒↓伸長伸短、舞成金圈

如果你是孫悟空，請你設計一場打鬥情境，
然後用你最喜歡的一種法力來解決。

推薦文

千古傳唱的「西遊」故事

國立中正大學中文系教授 **謝明勳**

多年之前，在盛極一時的知名電影：魔戒（The Lord of The Rings）首部曲中，曾經出現一段發人深省的話語：

不該被遺忘的東西也遺失了，歷史成為傳說，傳說成為神話。

乍看之下，這段文字似乎是平淡無奇，但是用以檢證人類的歷史文明，許多事情往往都是不謀而合，它不時可以印證「歷史、傳說、神話」三部曲式的演化，儼然已經成為「由史而文」的無形規律，在此同時，也讓歷史真實與文學虛構之間彼此相互交錯。

歷史上，玄奘法師的確是實有其人，西天取經也是實有其事，只不過在大唐肇建不久，外患威脅依舊持續存在，國家局勢尚未完全穩固的唐代初期，玄奘法師向官方正式提出之「西行求法」的宗教活動申請，並未獲得朝廷允許。然而，唐僧追求真理的熱切意志並沒有因此而被澆息，他改以私行偷渡的方式默默進行，在因緣巧合的情況下順利出關，開啟了一段艱苦的西域之行。不容諱言，這一段真實歷史在人們馳騁想像之後，已經與真正的歷史愈離愈遠，它無疑是人們有意美化其事的結果。姑且不論它是傳說也好，神話也好，在人們「看似無心，實則有意」之選擇性遺忘，以及通過文學作品美化其事的特殊效果，西遊故事在「唐僧西行取經」的不變框架下，加入神魔元素，後來出現之文學作品遂蛻變成為充滿歷劫、考驗之冒險遊歷旅程，在諸多神魔不斷施展法術變化的翻騰挪移下，許多原本驚險的考驗都變得趣味橫生，宗教追尋不再只是對於向道之人的心志考驗，沿途不斷出現之妖魔鬼怪的阻道刁難，反而讓冒險遊歷的果實因之變得更加甜美。

鬥智鬥法，令人目眩神迷

《西遊記》書中除了眾所熟知之「取經五聖」（唐三藏、孫悟空、豬八戒、沙和尚、龍馬）之外，不同之「單元故事」不時出現之妖魔鬼怪，其所採取之阻撓取經行動的手段與各自擁有之神奇法寶，都讓人們感到目眩神迷，讀者的心緒亦不時隨著故事情節的高下起伏而跌宕奔竄，正邪雙方的鬥智鬥法，以及滿天神佛的不時出手協助，都是人們津津樂道的重要一環，也是廣大讀者建立認知體系以及吸納知識的重要管道。

事實上，許多看似平常的法器，實際上都是某種特定思維的具現，諸如平頂山蓮花洞之金角大王與銀角大王，其所擁有之紫金紅葫蘆與羊脂玉淨瓶，能夠在人們回應其所呼之名後，將回應者予以吸入，這其實是一種「名字巫術」，講述故事的背後，實際上帶有某種教誨的目的。「三打白骨精」的鋪陳手法，則是文學上之「反復」（或稱「三復」），它以相同之語言、手法，接二連三的重復出現，這在民間講述以及通俗文學作品之中實頗為常見。

毘藍婆以其子昴日星官眼中煉成之金針，大破蜈蚣精之金光陣，則是源自於雞剋蜈蚣之物類「相剋」原理。兔子精拋繡球定親，則是「緣由天定」的一種婚姻習俗。人參果則是中國古老的仙鄉傳說，是對於「不死」與「異域」的想像書寫。紅孩兒一事則是觀世音菩薩與善財童子五十三參故事的改寫，西梁女國則是「女兒國」傳說的餘緒。「烏雞國」則是「無稽」的諧音，是西遊作者的文字遊戲。簡言之，書中許多故事都是文學與知識的載體，承負著當代社會對於閱聽者的潛移默化。

「西遊」故事流傳至今已經超過千年，在口語講述的過程中，它是充滿變異性的，即使是在文字文本寫定之後，也並不意味著西遊故事從此定型，它依舊可以在人們舌燦蓮花的講述過程，或是文學作家妙筆生花的改寫之中，以嶄新形態站上文學舞臺，得到新的文學生命，而眾所周知的神佛與妖怪，在此一文學「轉化」與「新變」的過程中，亦只不過是文學創作者重新賦予生命的有機體，只要能讓有趣的故事吸引住眾人目光，與時俱進之新元素的加入，都是西遊故事得以蛻變提升，走向群眾內心之中的一個開端，而【奇想西遊記】正是此類「故事新編」的嘗試之作。

經典文化向下深耕

眾所周知，文學是靈動而非凝滯，它絕非一成不變，而是必須與時俱進，換句話說，因應不同讀者群的需求，將眾人熟知之古典文學予以適度改寫，使之能夠漸次普及，此係文化向下深耕的重要一環。

回顧西遊故事的發展歷程，歷史上的玄奘法師並非奉命西行，而《西遊記》中對於唐太宗以聖主明君形象與玄奘結拜成異姓兄弟，稱其為「御弟」，無疑是不合史實的，然而這一點在欣賞《西遊記》這部偉大之文學作品時，實是無須深究的。或許，絕大多數人心中所認知的三藏法師，並不是來自於《大唐西域記》或是《大唐大慈恩寺三藏法師傳》的描述，而是襲自通俗小說《西遊記》的口耳相傳。通過這部「奇書」，我們依舊可以清晰看到玄奘法師肩負淑世濟眾的偉大宗教情操，讓長達十萬八千里艱苦萬端的取經路程充滿神聖的光輝，每一步都是有利於黎民百姓。所謂之「西天取經」，應當不只是對於人心的嚴格考驗，更是人生成長歷程的縮影。每一個人心頭當中都有一座靈山，我們可以用宗教之「由人成神」、「由俗轉聖」的歷程視之，也可以將它理解成是「人生理想」的不斷追尋與實踐，這或許更能符合一般普羅大眾的世俗眼光，也更能切合人心需求，而這一點應當是西遊故事之所以能夠吸引住歷代世人目光，而且歷久不衰的真正原因所在。

推薦文

從經典中再創西遊記的新視界

東海大學中文系副教授 **許建崑**

《西遊記》是一本家喻戶曉的神魔小說，充滿了奇幻色彩。全書共一百回，可以分為頭、頸、身體三個部位。

頭部有七回，描述孫悟空誕生，尋找水簾洞，跋山涉水向菩提祖師學法術，又向海龍王索討武器，撕毀閻王殿生死簿，接受了天庭招安，兩度封為弼馬溫、齊天大聖，最後因偷吃蟠桃、仙酒、仙藥，被天庭通緝。他被二郎神打敗，關進太上老君八卦爐，僥倖逃脫，又向如來佛祖挑戰失敗，被壓在五行山下受懲罰。

頸部有五回，屬於過場性質。先說觀世音來中土尋找取經人；再交代唐三藏的父親陳光蕊被強盜所害，而母親將他「滿月抛江」，漂流到金山寺前，被長老收養。直到十八歲那年，他尋找母親，去萬花店與祖母相認，再行祭江救活了父親。故事緊接著一段「漁夫和樵夫對話」之後，引出涇河龍王與袁守誠、魏徵、唐太宗之間的瓜葛。唐太宗從地府返回陽間之後，派劉全送南瓜給閻王，幾經生死的折騰，也就虔心禮佛。而觀世音適時到來，點化唐三藏，讓他接受唐太宗的託付，前往西天取經。

至於身部，從第十三回開始到一百回，共有八十八回，包含四十一個小故事。唐三藏在途中收了孫悟空、龍馬、豬八戒、沙悟淨等人為徒，一同前往西天，途經黑風山、黃風嶺、五莊觀、白虎嶺、平頂山、盤絲洞、黃花觀、獅駝嶺，渡過了流沙河、黑水河、通天河、子母河、凌雲河，也通過寶象、烏雞、車遲、女兒、祭賽、朱紫、比丘、欽法、天竺等國家，一路上與虎、熊、牛、鹿、羊、鼠、豹、犀、蜘蛛、蜈蚣、樹等妖精戰鬥，也遭遇牛魔王、鐵扇公主、如意真仙、紅孩兒等黑手黨家族份子的刁難，更受到仙界成員的襲擊，如太上老君的童子、青牛，彌勒佛的童子，觀音的金魚，文殊、普賢的獅、象坐騎，佛祖的金雕，嫦娥身邊的玉兔，奎木狼星，還有老黿龜等造難。真是關關難過關關過，最終到達了西天，從佛祖那裡取回法、論、經三藏，完成使命。

這一百回故事充滿奇幻色彩，用傳統「說書」的語氣建構了光怪陸離的想像世界，展現先民對宗教神祇譜系化與歷史化的企圖，也反映了當時代社會、政治、經濟、文化等諸多面貌，同時又兼具諷刺、揶揄與遊戲的特質。但因為全書將近七十二萬字，篇幅甚大；故事雖然精采，其中的情節、思想、語彙，對現代小讀者而言未必適合閱讀。

有許多作家因此續寫、改編《西遊記》，或者以漫畫、電影、電視劇的方式再創。

然而，大部分的改寫者不是長篇改短，留下「精華」，失去「氣魄」；或者只利用角色、地名等「空架子」，任意改換故事情節，失去了經典的原味。

王文華的再創策略

王文華【奇想西遊記】的再創，則採取細緻的書寫策略，他保存原書細節，不任意發揮，使讀者輕而易舉的「重返」經典現場。為了兼顧讀者閱讀的時間和「體力」，他把原作冗長而無機拼貼的「頭—頸—身」架構，拆成了四組故事，並且找出赤腳大仙、獨角仙、白骨精、人參果等四個角色做為串場人物，提供了新的「鳥瞰」視角。

赤腳大仙被孫悟空騙了，錯失蟠桃盛宴，還被玉皇大帝誤為禍首，綁在捆仙柱上受折磨。他對孫悟空恨之入骨，雖然身在天庭，卻關注著地面上取經團的一舉一動。金角大王、銀角大王在平頂山所設的陷阱，他看得一清二楚；青牛精私自下凡，用太上老君的金剛琢，取走了孫悟空、李靖、哪吒、水部、火部、十八羅漢等神的武器，他也是幸災樂禍；通天河的金魚精，獅駝嶺的獅、象與大鵬精，都是觀世音、文殊、普賢、佛祖的「家人」，他們侵犯取經團的時候，赤腳大仙總是用力按讚！書名為「都是神仙惹的禍」，十分恰當。

第二部是長大成獨角仙的雞爺爺蟲，自號混世魔王，孫悟空不在家的時候占領了水簾洞，結果被孫悟空一腳踩到地底下。他變出金角藍翅膀，飛到黑風山，慫恿黑熊精搶奪唐三藏的袈裟；託夢給滅法國國王，唆使殺害一萬個和尚；又與車遲國的虎力、鹿力、羊力大仙組成「復仇者聯盟」，還是沒辦法整到孫悟空。獨角仙乾脆變成假孫悟空，與孫悟空爭高低。最後的結果可想而知，他又被埋在地底下，五百年後才能重見天日。

第三部是白骨精生前的小妖妖，掉進鍋子裡，被煮成了白骨，丟棄路旁，因為一心「想吃唐僧肉」，所以化作白骨精來作祟。他在寶象國，教唆奎木狼星抓住唐三藏；又去找盤絲洞蜘蛛精、黃花觀蜈蚣精，設下圈套；最後到了天竺國，與玉兔精聯手，無非要分得一塊唐僧肉。小妖妖最後沒有吃到唐僧肉，不過卻得了一份不錯的工作，還意外有了長生的機會。

最後一部題名為「神奇寶貝大進擊」。生長在五莊觀又醜又小的人參果，跟著孫悟空環遊仙島；又隨取經團西行，在途中遭遇了紅孩兒打劫；在寶林寺幫烏雞國王伸了冤；渡過子母河時，看見唐僧與豬八戒懷了孕，也體會了孫悟空忠心勤懇，努力救主人的熱忱；在小雷音寺，他幫助孫悟空收伏彌勒佛的小徒弟；最後在火焰山，見識羅剎公主芭蕉扇的威力，也親臨孫悟空大戰牛魔王的沙場。活了九千年的拇指頭，在旅途中，有了多次變化，很神奇呢！最後變成了拇指妹，她決定留在火焰山，培養出八百棵人參果樹，子子孫孫繁衍至今，有了好歸宿。

提供孩童新的視界

王文華的書寫策略，情節緊湊，文字潔淨，避開長篇累牘的鋪陳，也減低了形上哲學的論述，而仍然保有《西遊記》原典的赤子心情，顯然是成功的再創。更重要的是，這一套四部的【奇想西遊記】，在淺顯易懂的語彙中，與孩子分享日常生活的智慧與啟示，貼近了孩子的心坎。

孩子們可以選擇其中一本閱讀，行！要是愛不忍捨，連續讀上四本，也行！要是還不滿足，找出《西遊記》原典來，也可以一無阻礙的閱讀。因為王文華的思考模式與敘述視角，已經為孩子生發出更有效率的閱讀策略呢。

國家圖書館出版品預行編目資料

奇想西遊記. 4, 神奇寶貝大進擊 / 王文華文 ; 托比圖.
-- 第一版. -- 臺北市 : 天下雜誌, 2014.10
200面 ; 17X21公分. -- （樂讀456系列）
ISBN 978-986-241-966-3（平裝）
859.6 103019039

奇想西遊記 4

神奇寶貝大進擊

作者 | 王文華
繪者 | 托比
繪圖協力 | Hamburg、丸弟迪、小崔

責任編輯 | 蔡珮瑤
特約編輯 | 游嘉惠
封面設計 | 蕭雅慧
行銷企劃 | 葉怡伶

天下雜誌群創辦人 | 殷允芃
董事長兼執行長 | 何琦瑜
媒體暨產品事業群
總經理 | 游玉雪
副總經理 | 林彥傑
總編輯 | 林欣靜　行銷總監 | 林育菁
副總監 | 李幼婷　版權主任 | 何晨瑋、黃微真

出版者 | 親子天下股份有限公司
地址 | 台北市 104 建國北路一段 96 號 4 樓
電話 | （02）2509-2800　傳真 | （02）2509-2462
網址 | www.parenting.com.tw
讀者服務專線 | （02）2662-0332　週一～週五：09:00~17:30
讀者服務傳真 | （02）2662-6048
客服信箱 | parenting@cw.com.tw
法律顧問 | 台英國際商務法律事務所．羅明通律師
製版印刷 | 中原造像股份有限公司
總經銷 | 大和圖書有限公司　電話：(02) 8990-2588

出版日期 | 2014 年 10 月第一版第一次印行
2024 年 8 月第一版第二十三次印行
定　價 | 280 元
書　號 | BCKCJ029P
ISBN | 978-986-241-966-3（平裝）

訂購服務
親子天下 Shopping | shopping.parenting.com.tw
海外．大量訂購 | parenting@cw.com.tw
書香花園 | 台北市建國北路二段 6 巷 11 號　電話（02）2506-1635
劃撥帳號 | 50331356 親子天下股份有限公司